달의 얼굴

황금알 시인선 101

달의 얼굴

초판발행일 | 2015년 11월 7일

지은이 | 오쓰보 레미코(大坪れみ子)
옮긴이 | 김단비
감수 | 한성례
펴낸곳 | 도서출판 황금알
펴낸이 | 金永馥
선정위원 | 김영승 · 마종기 · 유안진 · 이수익
주간 | 김영탁
편집실장 | 조경숙
표지디자인 | 칼라박스
주소 | 03088 서울시 종로구 이화장2길 29-3, 104호(동숭동, 청기와빌라2차)
물류센타(직송 · 반품) | 100-272 서울시 중구 필동2가 124-6 1F
전화 | 02)2275-9171
팩스 | 02)2275-9172
이메일 | tibet21@hanmail.net
홈페이지 | http://goldegg21.com
출판등록 | 2003년 03월 26일(제300-2003-230호)

ISBN 979-11-86547-14-4-03830

달의 얼굴

오쓰보 레미코(大坪れみ子) 지음

김단비 옮김

한성례 감수

황금알

오쓰보 레미코(大坪れみ子)

오래전 나는 겸업농가의 맏아들과 결혼하여 두 아이를 낳고 육아에 전념하며 대가족의 맏며느리로 평온하게 살고 있었다. 물론 겉보기에 그렇다는 말이다. 늘 내 자신이 희박한 느낌이었고, 어딘가를 부유하는 듯한 기분이 들 때도 종종 있었다.

큰딸이 초등학교 4학년, 둘째 딸이 2학년이던 해였다. 여느 때처럼 대나무 빗자루로 안뜰을 청소하고 있는데, 오른쪽 어깨에서 가슴으로 이어지는 부분에서 탁 소리가 나더니 거기에서 물이 졸졸 흐르기 시작했다. 마치 고여 있던 물이 터져 나오는 느낌이었다.

다음 날 세탁기 앞에 서서 빙글빙글 돌아가는 물을 바라보고 있었다. 그때 등 뒤에 뭔가가 느껴져서 뒤돌아보니 열린 창문 너머로 구름 한 점 없는 새파란 하늘이 펼쳐져 있었다. 다시 세탁기 속으로 눈을 돌린 순간, 머리 위로 펼쳐진 넓은 들판에 갓난아기 한 명이 떨어졌다. 아기는 벌떡 일어나 홀로 어딘가를 향해 걸어갔다. 갑자기 뭔가가 가슴을 옥죄어왔다. "날 낳은 이는 누구인가요?"라는 말이 들려왔다.

– 「지속되는 비전」 첫머리

그리하여 나는 다음과 같은 첫 시를 써서, 시문학지 『후네舟』를 발행하던 니시 가즈토모西一知에게 들고 갔습니다.

> 컵에서 흘러넘치는 물은 무엇인가요
> 가슴을 옥죄는 것은 무엇인가요
> 뒤쫓아 오는 것은 무엇인가요
> 날 낳은 이는 누구인가요
>
> ─「가르쳐 주세요」 전문

"날 낳은 이는 누구인가요?"라는 질문. 오랜 시간이 흐른 뒤 어머니가 이 시를 보고 "웬 시답지 않은 소리냐? 내가 아니면 누가 널 낳았다는 말이야?"라며 황당해하셨습니다. 나와 어머니는 평범한 모녀지간으로 사이가 나쁘지도 않습니다. 하지만 나에게 달라붙은 시는 내 의사 따위는 깡그리 무시한 채 그 뒤로 내 인생을 180도 바꿔 놓았습니다. 나를 꽉 붙들고 질질 끌어 여기까지 데리고 왔습니다. 끌려가는 나는 어찌할 바를 몰라 망연자실하면서도 몸속의 세포들이 근질근질하여 마치 갓

태어난 아기처럼 움직이는 자유로움과 넘치는 기쁨이 늘 함께 했습니다.

고백하건대 이 시집은 기묘한 작품투성이입니다. 특히 전반부는 나 자신조차 의미를 알 수 없는 꿈 꾸는 듯한 시들로 가득합니다. 그렇지만 후반부에는 가까스로 전반부의 시에 대한 답변 같은 시들이 나타나기 시작합니다. 후반부의 작품은 말년의 짧은 기간 동안 나와 부부의 연을 맺은 니시 가즈토모가 세상을 떠났을 무렵부터 쓴 것입니다.

나는 시를 만나고 시에 이끌리면서 확실하고도 커다란 기쁨을 얻었습니다. 그것이 어떤 과정이었는지 지금도 여전히 잘 설명하지 못합니다. 나는 누구인가? 나를 낳은 이는 누구인가? 이 시집 속에 그 대답이 숨어 있을까요. 나 역시 이 시집에서 그 대답을 찾기를 고대합니다.

차 례

1부 합창대가 다가온다

3부 저마다의 푸른 꽃

내적 체험의 문학적 에세이

1부

합창대가 다가온다

가르쳐 주세요

컵에서 흘러넘치는 물은 무엇인가요
가슴을 옥죄는 것은 무엇인가요
뒤쫓아 오는 것은 무엇인가요
날 낳은 이는 누구인가요

이야기

저녁놀을 등지고
굴뚝이 두 개로 나뉘었을 때
이야기가 시작되었나 봅니다
새 굴뚝은 딱딱하고 다부지고
오래된 굴뚝은 점잖아 보였습니다
일주일쯤 흘러 굴뚝이 하나로 모였을 때는
다시 평범한 굴뚝이었습니다

바다

바다와 바다가 부딪치자
괭이갈매기들이 기뻐한다
그 눈은
부서지는 파도보다 빛난다

바다가
나를 향해 거세게 밀려오고
나는 숨을 죽인다

심전도

심전도
이것 좀 봐요
내 말이 맞죠?
잔잔해지고 있잖아요

방향성

오른쪽도 아니고 왼쪽도 아니고
위도 아니고 아래도 아니고
동쪽도 서쪽도 남쪽도 북쪽도
그 어느 쪽도 아니고

세상이 통째로 전부
당신의 것이지만
나도 당신의 것이지만
이 방향성, 이 감촉
이것만은 고스란히 나의 것

마천루

이름이 없으면 성가시다는 이유로
이름 없는 것이
이름 있는 것으로
되어간다
건너편에 보이는 건 마천루예요
연보랏빛 광채에 휩싸여 있죠
자세히 보면 저 광채는 언어의 입자粒子
붙여진 이름들
마천루 안은 텅 빈 지 오래입니다
이제는 언어조차
사라지려 합니다

질서

석양은 구름을 데리고 간다
구름은 바람을 데리고 간다
나는 남겨진다
언제나
언제나
두려운 것은
이 변함없는
질서
입니다

문

문은 마침내 나와 키가 같아진다
황혼에 덧입혀지는 하얀 새
내게로 향하면
곧바로 또 하나의 내가 그리로 간다
남겨진 다른 나는 숨쉬기조차 힘들 지경이다
이윽고 하얀 새는 어둠에 잠긴다
나는 천천히 숨을 돌린다

글자

이렇게 글자만 빼곡하게 들어차 있으니 숨이 막히지
않느냐고
아주머니가 말했습니다
우리라고 어디론가 도망치고 싶지 않은 줄 아느냐고
간판과 포스터들이
먼 곳을 바라보며 말했습니다

시체

꾹 누르고 있어요
부러지지 않도록
일어나 춤을 출지도 몰라요

터널 속으로 돌아오는 소녀

터널 속으로 소녀가 돌아온다
빛은 반대쪽이야 내가 다그치듯 외친다
바람이 분다
장면을 바꾼다
또
바꾼다
그럼에도 꿋꿋이 돌아오는 소녀 곁으로
바람이 분다

풍경

커다란 나의
바람이 밀려와
긴 머리칼은
흩날리는 파도가 된다
풍경은 항상 저 위에 있다
자그마한 나는 가만히
파도 소리에 귀 기울인다

꽃

공기는 너무 단단해서
돌 속을 걷는답니다
입김을 불며 걸으면
부연 보랏빛 흔적이 남는답니다

생각할 때

생각할 때 고개를 갸울이는 이유는 목소리를 듣기 위
해서예요
눈을 들어 위를 보면
황급히 달아나는 천사가 보일 거예요

아침

구름이 하늘로 떠오를 때
굴뚝의 연기도 곧게 피어오릅니다
새들은 오늘도 풍경을 가르며 날아갑니다
아침은 여느 아침이 됩니다

금속음은

금속음은 물이 되어 흐릅니다
흐르는 물은
기어오르는 하얀 새입니다

거짓말

손바닥을 맞대지 못하는 건
땀 젖은 손바닥이
내 거짓말을
간파하고 있는 까닭입니다

또다시 풍경이

쏟아진 물방울은
조용히 계단을 따라 흘러내리기 시작했습니다
내가 사라졌을 뿐인데
또다시 풍경이 만들어졌습니다

실험실

빛에 관한 실험 중이므로
방은 고슴도치처럼 부풀어 오른다
문밖에서는
커다란 벌레가 뒷걸음질 친다

안락의자

안락의자에 앉을 때는
위에서 아래로
미끄러지듯 앉아야 해요
그러면 뒤쪽으로
끝없이 빨려 들어갈 거예요

일렬—列

바람을 가르며
멀어져가는 일렬
의자에 머리를 박은
검은 신사들
달은
움직이지 않는다
의자에 머리를 박은 검은 신사들
고개가 툭 툭
떨어진다

졸업

바닷가 모래밭에서 교복을 입은 소녀들이 재잘댄다
멀어져가는 소년은 수평선처럼 걷는다
뒤쪽에서 바람이 불어와
풍경을 확 빨아들이고는
구름 사이로 달아났다

하얀 열매

커터 칼로 상자를 잘라서
양옆으로 펼치자 또 상자가 들어 있어요
그 상자도 잘라서
양옆으로 펼치자
하얀 열매가 가만히 잠들어 있어요

꽃에는 반드시

한 송이 꽃에는 반드시
한 명의 나그네가 있어서
저 멀리에서
출구는 아직 멀었느냐고
손차양을 하고서
다가온다

방

문으로 들어온 남자는 모퉁이 쪽으로
가로선을 따라 걸어가지요
모퉁이에는 요리를 하는 여자의 등이 보이고요
아이는 모퉁이를 돌아 나와
세로선을 따라 똑바로 걸어옵니다

별자리 속의 아폴리네르*

놀란 남자는 눈을 감지 못한다
그대로 뒤로 쓰러지고 만다
끓인 버터를 은수저로 떠와서
눈에 흘려 넣는다

〈옮긴이 주〉

* 기욤 아폴리네르(Guillaume Apollinaire, 1880~1918): 프랑스의 시인, 소
설가. 초사실주의를 비롯하여 제1차 세계대전 전후 모더니즘 운동의
선구적 존재이다. 대표작으로 소설 『썩어가는 요술사』, 시집 『동물시
집』 등이 있다. 평론집 『입체파 화가』 『신정신』은 모더니즘 예술의 발
족에 큰 영향을 주었다.

역

통나무로 만든 역무원과
파란 눈의 여자가
손을 맞잡고 있다
긴박감이 감돌고 벌레들이 울어대자
둘은 붙잡은 손을 격렬하게 흔든다
갑자기 일대가 일렁이더니
역도 사람도 가라앉는다

공기총

소년들은 공기총 사격에 여념이 없습니다
한 남자가 사격에 동참하자
환영해 주었지만
소년의 수가 점점 늘어나자
남자의 모습은 온데간데없이 사라졌습니다
소년들은 여전히
공기총 사격에 여념이 없습니다

패배

커다란 돌을 부둥켜안고
계단을 내려갑니다
사방이 기계로 가득한 마을
경계등 불빛이
쉴 새 없이 날아다닙니다

사라져 간다

여자의 얼굴이 왼쪽부터 빨려 들어간다
그 사실에 대해
오른쪽 눈은 아무것도 생각하지 않는다

발코니

높은 발코니가 마음에 들어서
아래로 끌어당기자
그것을 올려다보던 사람들이며 풍경은
가지고 놀던 커튼처럼
꼬여버렸습니다

다리를 모으고

희미한 풍경 속에서
군인들이 우향우
좌향좌
맨 안쪽에 있는 한 군인만이
머리가 아찔할 정도로
꿈쩍도 않고 다리를 모으고 서 있다

같은 색

빵을 저미듯이
하늘은 스스로를 저며 바다로 한 장 떨어뜨렸어요
한 장 또 한 장
그래도 하늘은 엷어지지 않았고
어느새
하늘과 바다는 같은 색이 되었어요

풀어지는 팔

여자가 손을 뻗자
남자는 서둘러 잡아당겼지만
여자의 팔은 뭉게구름처럼 풀어져
들판은 마치
하얀 불꽃이 이는 바다와 같습니다

기도가 시작될 때

기도가 시작될 때
옥수수밭의 이삭들은 하늘에 닿는다
나그네들은 눈이 부신 듯
그 광경을 바라본다

2부

달의 얼굴

꽃으로 피어나는 장미

금방이라도 바스러질 듯 얇은
유리 상자 속에서
은은한 향기를 내는 화살표가
나사를 돌리고 있다

개선문

자기 쪽을 봐달라는 걸까
다가오지 말라는 걸까
삼각 깃발을 양손에 들고
노파가 팔을 휘휘 내젓고 있다
그 뒷모습을 주시하며
나는 여전히 걷고 있다

자수정 속에서

새의 다리를 모아
붕대로 감는다
천천히 감는데도
조금씩 비뚤어졌다
나지막이 가라앉은 하늘도
투명한 자수정 색이다
손은
다시 천천히
붕대를 고쳐 감는다

움직이는 달

마을 한가운데 난 우물가로
벌레들이
무기를 들고 모여들었다
바닥에서 반짝거리는 물이
마치 하얀 꽃 같다고
벌레 한 마리가 설명한다

"맑은 물이
배 근처에 고이기 시작하자
소녀가 한숨을 쉬었는데요
물속에는 하얀 달이
한없이 일렁이고 있었어요"

움직이는 달
들판을 비추던 달의 행방
그리고
달빛에 젖는 두 개의 선로

보이지 않는 별

저 남자다
모자를 푹 눌러쓰고
방독면을 쓴
크레인에 매달린 철골 위에서
자전거를 타고
주변을 살피며
천천히 페달을 밟는다
기울어진 철골에서
용암 같은 것이
흘러내린다

여기였는지도 몰라

여기
였는지도 몰라

버려진 폐교 같기도 하고
마을회관 같기도 한 건물
높다란 창문이 나 있고
아침 햇살이 비치면
그 빛 속에서 꽤 오랫동안
당신은 누군가와 이야기를 나눈다
건물 밖 화단에는 자잘한 꽃들이 흐드러지게 피었고
그 꽃을 헤치고
이웃집 아주머니가 채소를 가져다주던 모습
방 한구석에 해묵은 오르간이 있고
안쪽으로 들어가면 녹색 타일로 덮인 세면대가 있다
오른편에는 석양이 비쳐드는 좁고 긴 방이 있고
하얀 침대 위에 내가 잠들어 있다

여기였는지도 몰라

거리

정장 차림의 젊은이들이
우르르 몰려와
오래된 아케이드* 상가의
굳게 닫힌 셔터에 기대어
웅크리고 앉아 있다
아가씨들은 아직
생기발랄한데 청년들은
몹시 피곤해 보인다

이 거리에 새로 생긴 파출소조차
멀어지는 풍경 속에서
웅크리고 있다

흩날리는 가루눈 사이로
한 청년이 걸어 나와
공중전화 박스로 들어간다

"당신은 정녕 존재하나요?"

〈옮긴이 주〉
* 아케이드(arcade): 아치형 지붕이 있는 통로. 특히 양쪽에 상점이 있는
  통로를 말한다.

어느 하루

투명한 하늘에 먹구름이 덮이고
바람이 잦아들자
마을 사람들은 구름을 떠메고
맨발로 살얼음을 가르며
강으로 들어간다

"하늘은 까마득히 멀어서 뒤돌아보지 않아"

발가락 사이로
파란 잔고기들이 빠져나간다
마을 사람들은
가만히 눈을 감는다

풍경은 변하지 않고
바람이
다시 불어온다

시간의 균형

녹초가 된 마라토너가
몸을 구부정하게 숙이고 달려온다
길게 자란 머리칼, 땅에 닿을 듯한 수염
그런데 다리만은
발자국을 아로새기듯
조용하고 정확하게 움직이고 있다
나는 자전거를 타고 달아나다가
주위를 두리번거리기도 하고 생각에 잠기기도 하고
길을 잃고 갈팡질팡하기도 한다
돌아보면
녹초가 된 마라토너가
바싹 쫓아와 있다
(저 뒤쪽에서는, 아니 이제는
어느 쪽이 뒤쪽인지도 모르겠지만)
썰매를 끄는 남자가
눈이 녹기 시작한 언덕길을 내려오고 있다

썰매는 남자의 몸을 깔아뭉개고
아래로 아래로 미끄러져 내려간다

어디로?
목적지 같은 건 아무래도
상관없다는 듯이……

달의 얼굴

딱히 갈 데가 있는 것도 아니니
정처 없이 떠도는 여행은 그만두어라

"그렇지만 저기를 봐요
달빛을 받은 하얀 돌이 어렴풋이 빛나고 있어요
저게 바로 이정표가 아닐까요?"

주위에 먹구름이 잔뜩 끼었어
하얀 돌은 곧 시야에서 사라질 거야
죽은 자에게는 이정표 따위 필요치 않으니까

"그렇지만 말예요
한 번 죽었다고 완전히 죽은 건 아니잖아요"

또 죽어버려 또 죽어버려

"그렇지만 삶을 일단 맛보고 나면
다시는 죽지 못해요 그렇지 않나요?"

죽어버려 죽어버려

"그런데 말예요 메피스토펠레스*여 당신의 패배예요
당신이 모르는 것도 있어요
그 누구도 모르는 게 있다고요"

악마야 지옥에나 떨어져라

"당신은 그런 말할 계제가 아니에요 메피스토여
죽음은 바로 삶이에요 저기를 봐요
달의 얼굴이 미소 짓고 있잖아요"

〈옮긴이 주〉
* 메피스토펠레스(Mephistopheles): 독일의 파우스트 전설과 이 전설을
  소재로 한 작품에 등장하는 악마의 이름. 메피스토(Mephisto)라고도
  한다. 1587년 독일에서 출판된 『요하네스 파우스트 박사 이야기』(저자
  불명)의 주인공 파우스트 박사는 마술의 심오한 가르침을 얻기 위해
  악마의 힘을 빌리는 대신 계약 기한이 끝나는 순간 그의 영혼은 악마
  의 것이 된다는 계약을 맺는다.

그 뒤로 나는 두 번 다시 돌아오지 않았습니다

가슴 부근에서 탁 하는 소리가 난 적
그런 적 없나요?
고여 있던 강이
터져 흐른 적
청소하던 손을 멈추고
흘러내리는 물을 느껴본 적
어디선가 똑같은 강이 흐르고 있다는 확신이 든 적

문득 돌아봤을 때 하늘이 파랬던, 그런 적 없나요?
하늘이 파랬습니다
단지 그뿐이었는데
파랗고 구름 한 점 없는 하늘로
그 순간
내 안의 뭔가가 빨려 들어가서
그 뒤로
나는

두 번 다시 돌아오지
않았습니다

네가 울면…… 우는 건 나

감미로운 음악을 들으며
책장을 훌훌 넘기는 나…… 그런데
음악은 어느새
비통한 바이올린 소리로 바뀐다

창밖에는
저렇게 바람이 부는데
먼 곳에서 옴짝달싹 못하는 구름
침묵한 채
정원수 그림자만 어른거리는 하얀 집
하늘은 조용히 크게 회전하고 있다

"네가 울면…… 우는 건 나
네가 노래하면…… 노래하는 건 나"

방금 어린아이들의 노랫소리가 들렸다

우리가 가진 각각 두 개의 트럼펫

  이마의 납작한 뼈를 뭐라고 불러야 할지는 모르겠지만, 어느 날 내 이마 양쪽에 기묘한 혹이 두 개 생겼다. 이삼 일이 지나자 그것이 둥근 원 모양임을 알아챌 정도로 커졌다. 마침내는 그 중 하나가 이마 밖으로 비어져 나와 스르르 빠지더니 내 손바닥에 톡 떨어졌다. 캐러멜에 붙은 증정용 장난감처럼 작은 트럼펫이었다. 크기에 비해 꽤 묵직했고, 조금 뿌옇지만 고상한 빛을 내뿜고 있었다. 어떤 곡도 연주하기에 무리가 없어 보이는 아름답고 정교한 트럼펫. 나는 넋을 잃고 그것을 바라보았다. 아차차, 이럴 때가 아니지. 이걸 대체 어떻게 하면 좋을까. 어떤 성분으로 이루어졌는지는 몰라도 내 몸속에서 나왔으니 아마 내 몸에 꼭 필요한 것일 테고 내 생명과도 직결되어 있으리라. 그러니까 가령 손톱이 어디서 어떻게 만들어져서 손가락 끝으로 튀어나오는지 모른다고 해서 손톱에게 "자, 이제 사라져 주시죠"라고 선뜻 말하기는 어렵다. 손톱이 쑥 빠져버린다면 누구든 그대로 둬도 괜찮을지 걱정스러울 것이다. 이마에서 떨어져 나온 트럼펫이 꼭 그랬다. 나는 초조하게 주위를 둘러보았다. 웬걸, 모든 사람의 이마 양쪽에 두 개의 트럼펫이 튀어나와 있었다. 게다가 나이나 성격, 됨됨이 등에 따라 모양이 제각각이었다. 둥글게 퍼지는 부분이 드러나 있는 사람이 있는가 하면 모서리만 살짝 튀어나와 있어서 흰 뼈처럼 보이는 사람도 있었다. 아이들의 이마에도 아직 형체가 불명확하고 무르긴 해도 틀림없이 들어 있었다. 약간 안심이 된 나는 동년배로 보이는 남자에게 다가가 "내 트럼펫이 떨어졌는데요……"라고 말을 걸어보았다. 그러자 남자는 잠자코 자신의 이마에서 트럼펫을 쏙 뽑아내어 내게 보여주고는 좁고 긴 취구 부분부터 살며시 도로 이마에 집어넣었다. 나도 남자를 따라 내 트럼펫을 이마로 밀어 넣었다. 겨우 한시름 놓았다고 생각한 순간 이제는 왼쪽에서 다른 트럼펫이 떨어지려고 했다. 아아, 앞으로도 우리는 이 두 개의 트럼펫을 넣었다 뺐다 하기 위해 살아가야 하는 걸까. 그렇게 생각하자 참을 수 없이 삶이 우울하게 느껴졌다.

흐린 하늘에 결혼행진곡이 울린다

대각선 쪽 도로 맞은편에 회색 라이트밴*이 멈춰 선다. 문이 열리고 땅딸막한 체구에 햇볕에 그을린 얼굴, 입고 있는 검은 티셔츠가 날쌔고 용감한 느낌을 주는 초로의 남자가 내린다. 남자는 천천히 하늘을 올려다보며 바지 주머니에서 흰 수건을 꺼내 머리에 두르고 뒤에서 꽉 묶는다. 트렁크 문을 젖혀 올리고 그 안에서 가위 열 개를 꺼내어 도로 위에 일정한 간격으로 조심스럽게 늘어놓는다. 이어서 같은 동작으로 부엌칼 열 자루를 늘어놓고는 또 한 번 하늘을 올려다본다. 그러고는 무늬가 들어간 파란색, 노란색, 검은색 우산 등을 역시 일정한 간격으로 하나하나 늘어놓더니 이번에는 낡은 파란색 플라스틱 양동이를 꺼내 들고 건너편 집에 가서 거기에 물을 반쯤 받아 온다. 물의 무게를 가늠하듯 신중한 표정으로 또다시 하늘을 올려다본다. 멀리서 조용히 번개가 친다. 마지막으로 숫돌을 꺼내더니 자세를 잡고 삭삭 부엌칼을 갈기 시작한다. 칼 갈기를 시작하자마자 한 방울 두 방울 비가 떨어진다. 남자는 말없이 칼을 간다. 오가는 차 속의 사람들이 그 모습을 흘끗 쳐다보고 눈살을 찌푸리며 지나간다. 젊은 여자가 아이를 데리고 잰걸음으로 멀어져 간다. 내 방 라디오에서 흘러나오던 멘델스존*의 음악이 뚝 그친다. "잠시 모리오카* 기상청에서 알려드립니다. 방금 전 오후 3시 2분, 모리오카 지방에 호우 경보가 발령되었습니다" 다시 멘델스존의 음악이 이어진다. 주위가 차츰 어두워진다. 남자는 느릿느릿 일어나서 우산을 모두 거두어 차 안에 집어넣은 다음 부엌칼 아홉 자루를, 이어 가위 열 개를 차례로 차 안에 집어넣은 뒤 다시 하늘을 올려다본다. 삭삭 삭삭 남은 부엌칼 한 자루를 마저 간다. 라디오에서는 〈한여름 밤의 꿈〉에 삽입된 결혼행진곡이 울려 퍼진다. 비는 아직 쏟아지지 않고 있다. 삭삭 삭삭 남자는 부엌칼을 간다. 그때 전화국에서 나온 젊은 직원 몇 명이 다가온다. 모두 흰색 헬멧을 쓰고 있다. 옆에는 빨간 봉을 든 경비회사 직원도 있다. 칼을 가는 남자에게 뭐라고 말을 건다. 남자는 미안한 표정을 지으며 고개를 조아린다. 천천히 숫돌과 부엌칼을 챙긴다. 회색 라이트밴. 목적지는 모른다. 그때 기다렸다는 듯이 큰비가 쏟아지기 시작한다.

〈옮긴이 주〉

* 라이트밴(light van): 승객과 화물을 함께 운반할 수 있는 작은 차. 차
체의 뒤 끝까지 지붕이 있고 두 줄의 좌석 뒤에 화물을 실을 수 있는
공간이 있다.

* 펠릭스 멘델스존(Felix Mendelssohn, 1809~1847): 독일의 작곡가. 낭만
파 음악의 선구자이다. 대표곡으로 〈한여름 밤의 꿈〉〈핑갈의 동굴〉
〈바이올린 협주곡 e단조〉 등이 있다.

* 모리오카(盛岡): 일본의 지명. 일본 이와테(岩手) 현의 중심 도시이다.

눈

둥근 천장에서 미끄러져 내릴 듯이
위태롭게 떠도는 어두운 축
그게 바로 눈이에요
나를 보고 있는 내 눈이에요

무겁게 가라앉은 하늘을 헤엄치는 녹색의 축
그 또한 눈이에요
나를 보고 있는 내 눈이에요

손을 뻗으면
손가락 사이로 슬며시 숨어들지만
결코 눈을 깜박이지 않는
나를 보고 있는 내 눈

아무도 본 적 없는 영화

어디에서 와서 어떻게 흘러들었는지 수염이 텁수룩하게 자란 한 남자가 벌써 몇 시간째 한자리에 꼼짝 않고 앉아 있다. 남자의 뒤에는 네다섯 칸 정도의 계단이 있고 맨 위 칸에는 몹시 무겁고 단단해 보이는 커다란 철문이 있다. 모든 것을 잃고 자신이 누구인지조차 잊은 모습으로 남자는 계단 맨 아래 칸에 앉아 있다. 웅크리고 있다는 표현이 더 적합하다. 어디선가 음악 소리가 어렴풋이 들린다. 무슨 곡일까? 점점 소리가 커진다. 단조롭고, 그 무엇도 용납하지 않는 리듬. 과거에 만난 사람들과 사건들을 하나씩 하나씩 지워나가는 듯한……. 아, 이 곡은 라벨*의 볼레로다. 남자는 자신이 점점 투명해짐을 느끼면서도 얼마 남지 않은 힘을 쥐어짜 음악에 맞춰 몸을 시계추처럼 앞뒤로 흔든다. 그러면서 "볼레로는 수난곡일지도 모르겠군……" 하고 들릴 듯 말 듯한 목소리로 중얼거린다. 집요하게 반복되는 멜로디는 강하게, 그리고 약하게 남자를 재촉하듯이 계속해서 울려 퍼진다. 마침내 남자는 무언가를 결심한 듯 일어서서 계단을 오르더니 크게 휘청이며 문을 연다. 그 순간 문 너머로 와글와글 시끄럽게 수런거리던 것들이 잠깐 보였다가 금세 연기처럼 픽 스러지며 아래쪽으로 빨려 들어간다. 남자는 홀린 듯이 안으로 뛰어든다. 그러자 남자도 아래쪽으로 픽 사그라든다. 문 너머에는 새파란 하늘만 덩그러니 남아 있고, 볼레로는 어느새 나긋나긋해져 있다. 잠시 후 위쪽에서 잘게 찢긴 흰 종잇조각들이 꽃잎처럼 떨어져 내린다. 종이에는 수많은 천사가 그려져 있었던지 대부분의 조각에 천사의 눈이 하나씩 들어 있다. 모든 눈이 심술궂게 키득키득 웃으며 이쪽을 보고 있다. 조금 전까지 남자가 앉아 있던 자리에도 몇 장 떨어진다. 퉁명스러운 노파 한 명이 빗자루와 쓰레받기를 가지고 나타나 재빨리 쓱쓱 쓸어 담고는 사라진다. 그때 장내에 번쩍 불이 켜진다. 어느새 볼레로는 끝났다. 나는 문 안에서 들리던 그 왁자한 소리의 정체가 대체 무엇인지, 사라진 남자는 어떻게 되었는지 궁금해서 "이 영화 제목이 뭐야?"라고 옆에 앉아 있던 친구에게 물어보았다. 친구는 "영화라니 무슨 소리야?"라고 대꾸했다. 지금 같이 봤잖아? 그렇게 물으려다가 친구의 눈이 그 천사의 눈과 꼭 닮아 있음을 깨닫고 그만두었다. 이 영화에 대한 이야기는 아무한테도 말하지 않기로 결심했다.

어디도 아닌 장소에서

한 장의 백지가
하늘에서 내려와
우리를 똑바로 바라보며
당신들은 새하얀 종이가 아니군요
라고 말한다

"우리는 종이도 못 됩니다
매 순간 아무것도 아닙니다"

백지는
담벼락과 얇게 쌓인 잔설 사이에서 벌떡 일어나
당신들은 눈처럼 희지 않군요
라고 말한다

"눈이라고요? 우리는 하늘에서 내려올 깜냥도 못 됩니다
매 순간 아무것도 아닙니다
위에도 아래에도 오른쪽에도 왼쪽에도
어디에도 없습니다

어디도 아닌 이곳에서"

컨테이너로 변한 상가

길 안내를 맡은 지카*, 그 뒤를 따르는 엄마와 나. 우리 셋은 어두운 길을 지나 돌연 눈부신 하얀 빛과 함께 나타난 상가로 들어섰다. 아케이드식 천장은 눈이 시릴 만큼 밝고, 모자이크 무늬의 포장도로 양쪽에는 작은 가게들이 환한 빛을 내뿜으며 다닥다닥 늘어서 있다. 미용실, 액세서리 가게, 양장점……. 어느 가게에도 손님은 한 명도 없고 지나다니는 사람도 없다. 그런데 왜 이렇게 터무니없이 불을 밝혀 놓았을까? 이 거리 사람들은 시력이 극도로 나쁘기라도 한가? 뿌연 젖빛 유리처럼 먼지로 자욱한 빛 때문에 목덜미가 따끔거려서 나는 외투 깃을 세운다. 가게는 레코드점, 꽃집, 오락실, 영화관으로 이어진다. 환한 곳은 거기까지다. 어느새 셔터를 내린 가게들이 하나둘 눈에 띄기 시작한다. 닫힌 셔터 위로 모자 가게, 책방, 도장 가게 따위의 글자들이 희미하게 보인다. 지카는 포장도로의 모자이크 무늬가 마음에 드는지 방방 뛰어오르며 우리를 재촉하듯이 달려간다. 뒤돌아보니 액세서리를 아주 좋아하는 엄마가 싸구려 목걸이들을 뒤적거리며 고르고 있다. "지카, 잠깐만. 좀 천천히 가!"라고 외쳤지만 아랑곳없이 지카는 벌써 출구쪽에서 "빨리 와, 빨리"라며 크게 손짓을 한다. 어느 틈에 주위는 꽤 어두워져 있었고 으스스한 기분이 들어 좌우를 살피자 생선 가게, 문어집, 정어리집, 바다거북집 따위의 간판이 보인다. 어쩐지 공기가 눅눅해진 느낌이다. 모자이크 무늬의 포장도로는 물로 흥건하다. 그때 셔터에 뚫린 구멍 속에서 눈알 하나가 옆으로 휙 지나갔다. 우리도 걸음을 재촉해 간신히 상가를 빠져나왔다. 그 순간 눈앞에 넓게 펼쳐진 바다. 우리는 바다 쪽으로 툭 튀어나온 곳에 서 있었다. 뒤를 돌아보자 우리가 방금 빠져나온 상가가 마술처럼 철컥철컥 슬라이드 식으로 접혀 들어가더니 마침내 하나의 작은 컨테이너로 변했다. 이미 절반은 바다에 가라앉았다. 저 상가를 빠져나온 일은 꿈이었을까……. 지카는 여전히 새살거리고 있다. 엄마는 옥색 목걸이를 목에 걸려고 안간힘을 쓰고 있다. 점점 가라앉는 컨테이너 귀퉁이가 해수면에서 보일락 말락 하더니 지금 막 스르륵 빨려 들어갔다.

〈옮긴이 주〉
* 지카: 일본인의 이름.

아름다운 섬

— 똥을 눈다면 엄마의 가슴 위라야 안심이다……. G. 아폴리네르

　아름다움? 글쎄. 어느 남쪽 섬의 수컷 새는 마음에 드는 암컷 새 앞에 나뭇가지로 문을 만들어 놓고 그 앞에 온갖 색깔의 잡동사니를 그러모아 죽 늘어놓은 다음 시치미를 떼며 문밖으로 휙 달려나가 아름다운 모습을 암컷 새에게 보이지. 그러면 암컷 새는 황홀해서? 아니면 그 노력에 감동해서? 수컷의 구애를 받아들이기도 하고……. 공작은 날개를 활짝 펼쳐 보이며 구애의 포즈를 취하고…… 등등 여러 가지가 있는데, 그건 결국 수컷의 본능일 뿐이야. 하지만 당신은 인간이잖아. 인간만이 가능한 방법이 있을 거라고. 우리는 아기를 낳으면 젖이 돌아서 아기에게 물리지. 그 사랑스러운 모습에 아이를 기르는 거고. 필요에 의해 그렇게 돼. 하지만 딱 거기까지가 아닐까? 본능이란 거……. 인간으로 태어났으면 좀 더 멀리 봐야 한다고 생각해. 아름다움 너머에 있는 것을 추구해야지 안 그럼 동물이나 마찬가지라고. 아니지, 동물처럼 완벽해질 리는 없으니 추악한 동물 야후*쯤 될까. 말에게 걷어차이고 분뇨 구덩이 속에서 머리를 내밀고 있으면 퍽이나 어울리겠구나. 아름다움이란 영원하지 않아. 금방 퇴색해 버리지. 아름다움을 꿈꾸는 건 어

리석어. 뭐, 그럼 새로운 아름다움을 만들면 된다고? 당치도 않은 소리! 아름다움이란 의식하는 순간에 이미 아름다움이 아니야! 그때는 이미 케케묵은 나르시스* 할아버지라고. 망자를 만들어내는 것과 같아. 섬뜩한 소돔*이지. 언제까지 수컷의 본능이나 운운할 작정이야? 왜 진보하지 않아?

컴퓨터에 잡아먹혀 죽고 말 거야. 아름다움, 아름다움, 아름다움, 미, 미, 미, 美, 美, 美……. 같은 똥이라도 이제는 좀 더 훌륭한 똥을 눠 주시길. 석양을 짊어진 오라버니들, 우리는 이제 새로운 섬을 만들러 갑니다. 그럼 이만 실례!

〈옮긴이 주〉
* 야후(Yahoo): 조너선 스위프트(Jonathan Swift)의 소설 『걸리버 여행기』에 등장하는 인간과 비슷한 모습의 야만적인 종족. 야생 생활을 하며 지적인 말들에게 지배를 당해 가축처럼 길러지기도 한다.
* 나르시스(Narcissus): 그리스 신화에 등장하는 물속에 비친 자신을 사랑하다 죽은 소년의 이름.
* 소돔(Sodom): 구약성서 창세기 19장에 나오는 팔레스티나의 사해(死海) 근방에 있던 도시. 성서의 기록에 따르면 이 도시는 성적 문란 및 도덕적 퇴폐로 하느님의 노여움을 사서 부근의 고모라, 스보임, 아드마, 벨라 등과 함께 유황불 심판에 의해 멸망했다. 죄악의 도시를 뜻하는 비유로도 쓰인다.

흔들리는 발코니

하얀 그네가 작게 흔들린다
잔뜩 긴장한 버팀대는 더 크게 흔들린다

커다란 아이가 다가와서
커다란 손가락 끝으로
툭
그네를 밀었다
그네는 빙그르르 돌더니
부들부들 떨며 흔들렸다

햇볕이 내리쬐는 발코니
검은 그림자가 말없이 지켜본다

둥근 새

둥근 새가
눈물을 글썽이며 한 장의 천을 쪼아 먹고 있다
긴 발톱을 세워 흰 열매를 붙잡고
비틀어 따는 중이다
한편
새의 날개 끝은 조용히
건반을 두드리고 있다
신중하고 조심스럽게 끌어안듯이
길고 뾰족한 부리로
다정하게 다정하게 어루만진다

밤하늘

"여기에는 사람이 없으니……."
무표정한 눈알이 그렇게 말하자
건물과 건물 사이에 배를 깔고 누워 있던 신문지 몇 장이
휘청거리며
일어난다
하지만 이내
주위를 빙 둘러보더니
다시 검은 웅덩이에 잠긴다

북북 뜯겨나가는
지상에 주어진 밤하늘

그림자

그림자를 벗고
남자는 계단을 올라간다

계단에 벗어 던진 그림자
처음에는 검은 고무처럼 들러붙어 있었지만
계단이 다 빨아들이고
얄팍해진 그림자

남자는 하늘로 사라지기 위한 문의 손잡이를 잡고
지금 열리는 참이다

말없이 눈을 감은 채
그림자는 점점 계단으로 스며든다

장소

어둠 속에서 눈을 감으면
주변이 점점 밝아지고
나는 자유자재로
어디로든 갈 수 있다

그러나
눈을 뜨면
주변은 암흑
내가 어디를 걷고 있는지
지금 어디에 있는지
아무것도 알 수 없다

아침 햇살 속에서
빛나는 나뭇잎, 꽃들
작은 새의 지저귐
그 흐뭇한 풍경은
무엇 하나 내 것이 아니다
나를 위해 존재하는 것이 아니니까

바람이 불어와
그것이
나를 부르는 이의 목소리로 바뀌기 전까지
여기는
나의 장소가 아니다

귀와 눈

눈을 감고 가만히 귀를 기울이면
세상 모든 소리가
세상 모든 이에게
들리고 있을 거라는 확신이 든다
그런 생각을 하며
나는 눈을 감고 있다
들리나요? 소리와 소리 사이로
머나먼 나라의 웅성거림이

그때
눈앞의 유리창에
벌레 한 마리가 날아와 탁 부딪치는 소리에
나는 눈을 떴다

내 앞에 나무 한 그루가 있고
다른 벌레들은
부드러운 잎사귀 사이를
코를 박고 날아다닌다
좀 더 작은 날벌레들이 갑자기

하늘로 날아오르며 소용돌이를 그린다

나는 조금씩 눈을 뜬다
사물과 사물의 틈새가 보인다

귀에도 눈에도……
처음 접하는 풍경이 점점 다가온다

지금 여기에

곰과 관광객

좋은 일이든 나쁜 일이든 어떤 사람에게는 그 상태가 도저히 견디기 힘든 사물이나 현상인 경우가 있다.

어느 날 나는 가족과 함께 나들이를 갔다가 열 마리쯤 되는 곰이 큰 구덩이 속에 처박혀 있는 광경을 보았다. 그 구덩이는 다섯 평 남짓한 넓이로 파여 있었고, 바닥이며 벽이 온통 콘크리트로 만들어져 있었다. 천장은 없지만 곰들이 봤을 때 천장에 해당하는 부분의 주위를 관광객들이 어슬렁어슬렁 걸어 다니는 셈이었다. 좀 더 정확히 말하면 곰들이 들어가 있는 곳의 천장이라 할 만한 것은 하늘뿐이었다. 구덩이의 깊이는 오륙 미터쯤이었으리라. 어쨌든 곰들이 절대로 기어오르지 못하는 깊이였다.

그 곰들은 관광객들을 위해 인근 산에서 포획되었다고 한다. 곰들은 비좁아 보이는 공간에서 관광객들을 올려다보며 뒷다리로 벌떡 일어나 앞발을 손뼉 치듯이 맞부딪치며 먹이를 달라고 조르고 있었다. 그 모습을 본 관광객들은 "귀여워라" 하며 먹이를 던져주고 있었다. 곰들은 먹이를 받기 무섭게 날름 먹어 치우고는 금세 다시 일어나 손뼉을 쳤다. 관광객을 위해서는 어른 가슴 높이 정도의 튼튼한 난간이 쳐져 있었다. 절대로 떨어지지 않도록…….

그 광경을 보자 나는 갑자기 속에서 욕지기가 치밀어 올라 꼼짝도 할 수 없었다. 서 있기조차 힘들어 기념품 가게 앞에 놓인 벤치에서 가족들이 곰 구경을 마치고 돌아오기를 기다리기로 했다.

자리를 잡고 앉는 순간 갑자기 벤치가 기우뚱하고 흔들렸다. 놀라서 기다란 벤치 끝을 쳐다보자 벤치 다리에 작은 강아지만한 새끼 곰이 쇠사슬로 묶여 있었다. 그곳에도 역시 관광객들이 멀찌감치 빙 둘러서서 곰을 놀리며 즐거워하고 있었다. 새끼 곰은 아장아장 걸어갔다가 철컹 쇠사슬에 이끌려오고, 다시 걸어갔다가 이끌려오고는 하며 한시도 가만히 있지 않았다. 나는 또다시 가슴이 울렁거려서 재빨리 벤치를 박차고 일어났다. 구덩이 우리 속 어미 곰들에게 먹이 주기를 끝낸 남편과 아이들이 "어디 안 좋아?" 하며 내 얼굴을 들여다보았다. 그 얼굴에 놀란 나는 몸을 떨며 엉엉 울었다.

무화과와 하늘
— 키우는 개에게 먹이를 주지 못했다

그 무렵 우리 가족은 개를 키우고 있었다. 매일 저물녘이면 개를 산책시키는 일은 내 몫이었다. 나는 개의 쇠 목줄을 벗기고 산책용 끈으로 갈아 끼운 다음 개를 끌고 나갔다. 산책 코스는 언제나 똑같았다. 배설을 시키는 것이 목적인지라 산책을 빨리 끝내려면 항상 같은 장소로 데리고 가면 편했다. 나는 산책을 하는 동안 개쪽을 쳐다보지 않았다. 개를 외면했다. 그때마다 내가 바라본 건 서쪽으로 지는 석양과 그 석양에 빨려들듯 몰려가는 애처로운 구름이었다. 개는 멀리 가고 싶어서 자꾸만 끈을 당겼다. 나는 울음이 터지려는 걸 억지로 참으며 집 방향으로 끈을 당겼다.

개에게는 하루에 두 번 밥을 주게 되어 있었다. 그 또한 내 몫이었다. 개는 그 시간이 오면 어김없이 짖었다. 밥을 주는 시간이 조금이라도 늦으면 구슬프게 울부짖었다. 나는 그 소리가 싫었다. 마지못해 밥을 들고 가서 개밥그릇에 확 쏟아 부었다. 그때도 나는 개를 쳐다보지 않았다.

언제부턴가 나는 개에게 먹이를 주지 않았다. 개는 때때로 제 배설물을 먹기도 했다. 어느새 개는 쇠약해져서 죽기 직전의 몰골을 하고 있었다. 남편이나 아이들은 마치 가족을 잃기라도 하듯 슬퍼하며 쓰다듬어 주었다. 나는 무서워서 가까이 가지 못했다. 그래도 나는 가족들이 집을 비웠을 때만은 개에게 다가갔다. 쇠 목줄을 벗겨주고 싶었기 때문이다.

그런데 개는 이미 늘어질 대로 늘어져서 도저히 목줄이 벗겨지지 않았다. 개는 고분고분하고 온순한 눈으로 나를 딱 한 번 올려다보았는데 그 눈은 이미 회색으로 풀어져 있었다. 개 옆에는 잘 익은 무화과 열매가 두세 알 떨어져 있었다. 언젠가 개가 무화과를 먹는 모습을 본 기억이 나서 그중 하나를 집어 개의 코끝에 놓아주었다. 그러고는 개의 머리를 만져 보았다. 단단하고 옹골졌으며 작았다. 나는 개가 바라보던 눈높이에서 개가 올려다본 하늘을 보고 싶었다. 나는 무릎을 꿇고 머리를 땅에 갖다 댔다. 그 부자연스러운 각도로 위를 올려다보았다. 투명한 열매가 매달린 무화과나무가 보이고 그 너머에 새파란 하늘이 있었다. 그걸 본 순간 나는 개와 함께 나도 죽었다고 생각했다.

3 부

저마다의 푸른 꽃

봄날의 천둥

내 전부인 하늘
아아, 하늘이 무너지면 어쩌지
검고 커다란 새가
날개를 펼친 채 투두둑 내리꽂히듯이
혹은 흙빛으로 동난 하늘이
그물처럼 스르륵 내려오듯이

사람이 해골처럼 비쩍 마른다면
천사가 되려는 거야
등 뒤의 양쪽 뼈가 바스락거리며
마른 잎처럼 몸에서 벗겨진다면
날개가 돋아나려는 거야

검은 그물 속에서
이미 눈 감은 사람을 안으며
나도 눈 감을까
아니면 내 눈은
그물코 사이로
여전히 밖을 보고 있을까

갑자기 봄날의 천둥이 치고
하늘이 열린다

밖을 내다보니
오늘은 아직 환하다
멀리서 장미 향이
올해도 어김없이 실려온다
비행기 소리가 들려온다

오늘의 구름

언제나 하늘 한편에는
작은 외톨이 구름이 있어요
오늘의 하늘에도 조각구름 하나

오늘의 조각구름은 어디 외출이라도 하는지
눈을 가늘게 뜨고 바람의 방향을 가늠하면서 걷고 있
어요
그런데 저기 좀 보세요
"찾았다!" 등 뒤의 빛이 들뜬 목소리로
눈을 반짝이며
당장에라도 덤벼들 태세예요

빛은 늘 갑자기 달려든다니까……
조각구름은 오늘도 놀란 가슴을 쓸어내리며 한숨을 쉬
고는
빛을 앞질러 가다가
살짝 뒤돌아보며
"미안해요, 나 때문에"
오른손으로 모자를 들어 올리며

익살스럽게 고개를 숙여 보였어요

그 모습을 보자, 이를 어째
빛의 몸속에서 점점 빛이 솟구쳐 오르고
광기 서린 눈을 번뜩이며
기쁨에 취해 손발도 쭉쭉 뻗으며
마침내
조각구름의 온몸을 홀랑 태워버려요

오늘의 하늘에 오늘의 조각구름
실보무라지처럼 오그라들었다가 사방으로 퍼지며
하늘 전체에 녹아듭니다

거리 距離

아침에 눈을 떠보니 비가 내리고 있다
지금도 계속 내리고 있다
죽은 자와 산 자 사이에서 눈을 부릅뜨고
경계를 늦추지 않는 비
빗소리는 갑자기 끊어지거나 멀어지기도 한다
언제 그랬냐는 듯 성큼 다가오기도 하지만
단지 그때뿐이다

전화벨이 울린다
따르릉 하고 한 번 울렸다가 끊긴다
누굴까? 생각해 보지만
전화벨이 다시 울리지 않으리란 것을 안다

빗소리 너머
전화벨 너머
마치 멀리 있는 것이야말로 우리의 일상의 증거라는 듯
모든 것은 아무것도 전하려 하지 않은 채
멀리 멀리 떨어져 있다

철저히 지켜져야 하는 죽은 자와 산 자의 거리
떨어져 있음이 더 큰 기쁨이라는 사실이
의심되었다가 증명된다

이편에서 잊히고 저편에 있던 것들이
조심스레 다시 내게로 다가온다
음악이 흐르고
뉴스도 시작된다

하늘을 올려다보고 때때로 손을 흔들며
머나먼 거리를 살아가리

끝없는 기억을 실현하기 위하여

파수把守의 비

오늘도 파수의 비가 내린다
매일 아침 똑같은 양으로
창밖에 있는 밭의 흙을 적시고
내 방 지붕을 두드린다
여간해선 그치지 않으리라
나는 결국 체념한다

커튼을 열자 밖은 눈부시게 환하다
집을 나와 건너편 편의점에서 샌드위치와 과일과
알이 잔 별사탕을 사 온다

작고 가는 망치로 별사탕을 깨면
알이 잔 별사탕은
맥없이 와작 깨진다
세 알을 깨서 커피에 넣으면
녹지는 않지만
맛이 약간 부드러워진다

그러면

나는 나를 깨보고 싶어진다
손가락, 손등, 팔
탕 탕 탕 가느다란 망치로
나는 나 자신을 부숴간다
부서질 때마다 새로운 풍경이 나타난다
새롭고 작은 풍경 속에서
나는 작게 웃고 있다
하지만 풍경은 금세 닫힌다
나는 재빨리 또 한 번 나를 부숴 본다
다시 작은 풍경이 나타나고
작게 웃고 있는 나도 보인다

깨진 파편은 사방으로 흩어진 채
언제까지나 널브러져 있다
기도의 말도 지금은 저 멀리서 흐릿하게 존재할 뿐이다

파수의 비가 가만히 그 모습을 지켜보고 있다

가면으로 나타나는 봄

하늘 한가운데 나타난 먹빛 구름 속으로
헬리콥터 한 대가 돌진한다

구름을 뚫고 지나가자
구름이 위아래로 갈라지고
그 틈새를 잇듯
한 장의 가면이 나타난다

가면의 눈
가면의 코
가면의 입

어린아이인 나는
마치 들판에서 뛰놀듯
손끝으로 가면의 속눈썹을 건드리기도 하고
코를 움켜쥐기도 하느라 정신이 없다

가면 뒤쪽을 보니
그 뒤에도

또 그 뒤에도
비슷비슷한 가면들이 일정한 간격으로 줄지어 있고
닫혀버릴 듯한 구름의 틈새를 밀어내고 있다
나는 기울어진 목을 바로 하는 것도 잊고서
오랫동안 그 광경을 바라본다

"나는 뭘 원했던가
사람들은 뭘 원했던 걸까"

대답은 더 먼 곳으로 흘러가고
겨울에서 여름으로
아무 일도 없었던 것처럼
남겨진 시간이 흘러간다

성*으로

슬퍼하는 프리다*
슬퍼하는 예레미아스*
슬퍼하는 바르나바스*

카프카의 세계에서는 사람들이 커졌다 작아졌다 한다
슬퍼하는 자는 작아지는 모양이다
무심결에 커지기도 하지만 이내
실밥 뭉치와도 같은 몸은
사방에서 찔리고 뽑히고 희미해지다가
사라져 간다

최근 내 주변 사람들도 점점 작아진다
슬퍼하는 하쓰요* 씨
슬퍼하는 나미코* 씨
손바닥 위에 올려도 될 만큼 작고 열없어져서
붙잡아주지 않으면 사라져버릴 것만 같다
산 자의 세계에 붙들어 매어 주는 존재가 없으니
죽은 자의 세계로 빨려 들어가는 거겠지

산 자의 세계에
프라하*라는 도시 어딘가에
자신을 붙들어 매어 줄 존재를 찾기 원했던 카프카
핏빛으로 물든 실밥인 카프카 대신
심기일전하여 무모하게 싸움을 거는 측량기사 K

(고독? 그건 당연한 거야
문제는 그때부터지
아직 마주친 적 없는 자신이 존재할지니)

카프카는 누구?
카프카는 당신
카프카는 나

〈옮긴이 주〉

* 성(Das Schloss): 유대계 독일 작가인 프란츠 카프카(Franz Kafka, 1883~1924)의 대표적 장편소설. 주인공 K는 어느 날 밤 외딴 마을에 홀로 도착한다. K는 그 마을 근처에 있는 성에 측량기사로 왔다고 말하지만 마을 사람들은 그의 말을 믿지 않는다. 정체불명의 사람들, 이상한 분위기, 묘한 엇갈림 속에서 K는 어떻게든 성에 도달하려고 노력하지만 결국 목적을 달성하지 못한 채 이 소설은 끝나고 만다. 이 소설에서 성은 인간 운명의 신적인 지배를 상징하는 장소로서 신의 은총이 집중된 곳을 말한다.

* 프리다, 예레미아스, 바르나바스: 각각 K의 연인, 조수, 성의 전령의 이름.

* 하쓰요, 나미코: 일본인의 이름.

* 프라하(Praha): 체코의 수도. 카프카의 고향.

그럼에도 내 안의 나는 깨어난다

어디에서 오는 걸까
내 안의 나를 재촉하는 뭔가가

내 안의 내가 아무 말도 하지 않으면
나는 아무 말도 하지 않겠지
눈은 초점을 잃고
귀는 막히고
손은 말을 듣지 않고
발은 멎는다
언어만이 차갑게
입을 뻐끔거리며
아우성친다

한편 당신은
어둠 속에서
얼어붙은 몸으로
지그시 견딘다

그럼에도 금세

내 안의 나는 깨어난다
눈은 빙글빙글 돌아가고
당신 주위의 작은 것들을 포착한다
작은 모기 한 마리도
당신을 물지 못할 것이다
귀를 쫑긋 세우고
당신의 수줍은
작은 목소리도 흘려듣지 않는다

손은 바삐 움직이며
당신의 살갗 위를 깃털처럼 날아다닌다
발목은 뱅글뱅글 회전한다
한순간도 멈추면 안 된다는 듯이
이리저리
내 몸은 계속해서 움직인다

나는 당신을 경호하는 파수꾼처럼
혹은 아이를 지키는 어미처럼
마치 이곳이 요새라도 되는 것처럼

그때마다
당신은 처음인 양 놀랐다가
가슴을 쓸어내리며 작은 한숨을 내쉰다
여전히
여전히
고개를 숙인 채로

보고자 하는 이에게

어느 날 비행기 창문으로 구름을 내려다보았다
햇빛을 가리는 것이 없어서인지
그곳은 밝은 들판과도 같았다
가없이 펼쳐진 복슬복슬한 들판
그 순간 빛의 실밥을 한 줌 움켜쥔 듯한
자그만 사람 그림자 같은 것이 보였다
내가 눈을 깜박이자 그것은 곧 사라졌다가
조금 떨어진 곳에 다시 똑같은 모습으로 우두커니 서
있었다
나는 비문증*처럼 연신 눈을 깜박이며
그 그림자를 뒤쫓았다
이 넓은 들판에 단 한 사람
이미 모든 의지를 잃고 시간마저 박탈당했지만
"기다릴게" 하는 약속만이 그 사람의 형태를
유지하는 듯이 보였다

다른 어느 밤 천문학 애호가들이 모인 관측 모임에 참
가했다
안경을 벗고 망원경에 눈을 대고 들여다보니

여우자리에 있는 아령성운이 보였다
어렴풋이 보이는 그 성운은
작은 솜사탕 같기도 하고
무참히 불에 타서
당장에라도 바스러질 듯한 두개골 같기도 했다
차갑고 맑은 어둠 속에서
태어나려는 걸까 사라지려는 걸까
사람에게서 아득히 떨어진 채
별이라는 고독을 견디는 것 같았다

보고자 하는 이의 마음에 의해 끌어당겨지는 것
르동*이 그리는 영혼이나
노발리스의 비의秘儀
물질화하지 않아 눈에 보이지는 않아도
분명히 거기에 있는 것
바로 거기라고 생각했지만 아니 여기에도……
그것은 이 대기 곳곳에 있다

집에 돌아와 이불 속에서 눈을 꼭 감았을 때

번쩍 번쩍 번쩍 하고 아령성운이 나타났다 사라졌다

누군가가 보내는 정다운 신호처럼

〈옮긴이 주〉

* 비문증(飛蚊症): 안구의 유리체가 혼탁하거나 안저(眼底) 출혈 따위로
  인하여 눈앞에 물체가 날아다니는 듯이 보이는 증상. 밝은 하늘이나
  흰 면을 보았을 때 시야에 희미하게 모기와 같은 것이 보이며 시선을
  움직이면 이동하는 것처럼 느껴진다.
* 오딜롱 르동(Odilon Redon, 1840~1916): 프랑스의 화가, 미술 평론가.
  독특하고 신비로운 환상의 세계를 창조한 상징주의 미술의 선구자이
  다. 「밤」「꿈속에서」「기원」 등 다수의 석판화집을 남겼다.

희망

희망은 있다
그런데 그것은
언뜻 소중해 보이는 것들을 모조리 버린 순간
불현듯 나타난다
버릴 것이라 함은
소중한 가족, 친한 친구
안정된 생활, 전도양양한 미래 따위다
때로는 자신의 생명이기도 하다
그 전부를 빼앗겨야만
희망이 있다

내 희망이란?
생명과 대적해서라도 쟁취하고 싶은 내 희망이란?

자그마한 카페가 보인다
가게 한쪽 구석에 놓인 싸구려 피아노의 건반을
단골손님 한 명이 무언가를 떠올리며 뚱땅뚱땅 두드린다
몇 안 되는 손님들이 커피를 마시며 열심히 수다를 떤다
가게 안쪽에는 카페만큼이나 작디작은 기념자료관*이

있고
"내가 원하는 건 하나의 선線이다"
라며 자신의 삶을 살아낸 시인의 생애가 전시되어 있다

앞치마를 두른 마스터는 이따금 창밖을 바라보며
손님 몰래 담배 연기를 내뿜는다
창밖에는
지나가는 차들과
어깨를 움츠리고 걷는 사람들이 보인다
계절이 서서히 변해간다
가루눈이 흩날리고
백조들이 울며 북쪽으로 날아가고
어린잎이 갑자기 눈부셔지기도 한다

나는 거기에
있는 듯 없고
없는 듯 있다

희망은 있다

그런데 그것은 모든 것을 잃어가며 쟁취하는 것
나의 새로운 예루살렘이다

〈옮긴이 주〉
* 기념자료관: 니시 가즈토모 기념자료관. 오쓰보 레미코 시인이 운영
  하는 카페 안쪽의 방에 니시 가즈토모 시인의 유품을 전시하여 방문
  객들에게 공개하고 있다.

떨리는 방

잠에서 깼을 때
비는 그쳐 있었다
대신 지금은
자동차며 대형트럭들의 엔진 소리가
끊임없이 이 방을 진동시킨다

도로 쪽으로 반쯤 튀어나온
작은 상자인 이 방에서
나는 아까부터 시계가 가는 걸 보고 있다
3박자로 들리는 게 거슬려서
2박자나 4박자로 바꾸려고 애쓰는 중이다
그런 내게는 아랑곳하지 않고
초침 소리는 반대편 벽까지 진동시킨다
모든 것은 시시각각 정해지는데
내 생각대로 움직이는 건 하나도 없다

이제는
내가 어디에 있는지조차 모르겠다
어디에 있는지조차 모른다는 사실을
새삼 깨닫는다

차례차례 옮겨지는 나날
내일 나는 어디에서 눈을 뜰까

지붕 바로 위를
북쪽으로 돌아가는 흰 새들이 푸드덕거리며 날아간다
시끄럽게 울어대는 소리는
마치 대형 트럭의 엔진 소리에 대항이라도 하는 듯하다
방째 하늘로
나는 벌써 들어 올려졌는지도 모른다
무늬가 프린트된 커튼이 기울어지며
펄럭인다

얼마나
지났을까
일어나는 내가 있고
신발을 신는 내가 있고
방을 나서는 내가 있다

천연덕스러운 얼굴로
또다시 풍경 속의 사람이 된다

저마다의 푸른 꽃

크고 대단한 이야기가
아니라
소소한
개개인의 이야기
그 이야기가 돌연 찾아올 때
사람들은 어떻게
그 이야기를 살아내는 걸까
일상생활과 병행하던
자신도 모르는 비밀스러운 이야기가
눈에 보이지 않는 이야기가 서서히 진행되다가
어느 날 갑자기 불쑥 얼굴을 내밀면……

예컨대 이런 식이다
나는 벌써 20년도 전에 노발리스의 『푸른 꽃』을 읽었다
나는 조피*를 잃은 노발리스가 어떻게
그 뒤로도 4년이나 더 살 수 있었는지
궁금해서 견딜 수 없었다

그로부터

몇 년이 지난 어느 날
내 뱃속에 물웅덩이가 생기고
하얀 달이 가라앉아 있음을 알았다
날이 갈수록 달은 점점 커졌고
세찬 폭풍과 같은 나날이 찾아왔다
하얀 달이 나를 뚫고 터져 나올 때
내 몸은 바들바들 떨리고
폭포와 같은 물이 흘러넘쳤다
문득 정신을 차렸을 때
뱃속의 달은 사라지고 없었다

어느새
달은 내 바로 옆에 있었고
나는 그 달과 함께 살았다
그렇지만 나는 달이 없어지면 어쩌나 하고
날마다 불안에 떨며 울었다

어느 날 달은 정말로 없어졌고
나는 순식간에 잿빛 돌로 변했다

따라오지 말라는 듯
달은 비가 되어 나를 애처롭게 지켜보았다

푸른 꽃이 그려진 르동의 '밤'
영혼에게 지켜지는 슬픈 '밤'
노발리스는?
조피를 잃은 노발리스는 어땠을까?

"불행으로 마음이 경화되지는 않지만
영혼이 잠식될까봐 두려웠다"
라고 노발리스는 말한다

파수의 비가 더 이상 내리지 않는 지금
나는 주위를 빙 둘러본다
비가 된 달은 지금 어디에 있을까
사라진 파수의 비는 지금 어디에 있을까?

아무도 모르는 그 사람만의 이야기

눈에는 보이지 않아서
이게 실제로 내 이야기일까
자신조차 좀체 알아채지 못하지만
태어나서 죽을 때까지
아니, 그 훨씬 이전부터 그 훨씬 나중까지
개개인의 안에서
저마다의 소중한 이야기가
계속되리라

〈옮긴이 주〉
* 조피(Sophie): 노발리스가 사랑한 여인. 1795년 대학을 마친 후 23세
  에 조피를 만나 열렬한 사랑에 빠져 약혼까지 했지만, 2년 후 조피가
  돌연 병사하고 만다. 이후 조피의 무덤 앞에 엎드려 아침부터 밤까지,
  때론 밤을 새워가며 시간의 흐름조차 잊은 채 현실의 절망을 체험해
  야만 했다.

등반

나는 산일지도 몰라요
산은 산인데
나는 산인 나의 뿌다구니에 있어요

나를 오르는 누군가가 있고
누군가가 오르는 나는 가만히 있냐고요?
아니요
나 역시 나를 오릅니다

산줄기가 보여요
저기 저
먼 곳까지
저 멀리에 바다가 보여요

나는 바다가 아닙니다

밤이 오고
산과 바다 사이에 불빛 하나가 보여요
산기슭에

불빛을 발견한 누군가가 다다라요

나는 불빛이기도 해요
다다른 누군가를 위한 불빛이기도 해요
다시 어둠으로 이끄는
불빛이기도 해요

손을 잡아끌며
깊이 더 깊이
그리고
올라가요

산으로
가자

형형색색의 자동차

도로 쪽으로 툭 불거져 나온 작은 방에서 잠이 깨어
쉴 새 없이 오가는 자동차 소리를 듣고 있다

운전면허를 따고
처음으로 운전한 둑길
앞유리에 고추잠자리가 날아와 부딪치는 바람에
으악! 어쩌면 좋아, 가슴이 벌렁벌렁했다
그런데 어느덧 익숙해져서
벌레가 부딪쳐도 개의치 않는다

한 15년 전에
강어귀에 놓인 대교를
마치 무대에 오르는 배우처럼
천천히 등장했다가 지나쳐 사라지는 형형색색의 자동
차들을
차 안에서 시간 가는 줄 모르고
날이 저물 때까지 바라본 적이 있다
그 자동차들은
지금 뭘 하고 있을까

다른 어느 날
아주 소중한 사람이 죽기 직전
부디 자동차 조수석에 누여
하늘에 빨려 들어가듯이 죽게 해 주고 싶었는데
그건 끝내
해 주지 못했다

그나저나
자동차라는 것이 없다면
이 거리는 어떤 풍경일까
차체가 투명인간처럼 사라지고
타고 있던 사람들이
줄줄이 걸어 나온다면
얼마나 활기찰까
이 시각 이 도로에는 1분에 30대쯤 통과한다
1대에 1명씩만 타고 있어도
창밖을 잠깐 바라볼 때마다
30명 정도는 항상 도로를 걷고 있는 셈이다

그런 풍경
상상만으로도 유쾌하다
셔터가 내려져 있던 거리의 점주들이
어이쿠, 비쁘다 바빠
급히 셔터를 올리는 모습이 눈에 보이는 듯하다
걷던 사람들은 지치고 목이 타서
조금 쉬어가자
찻집에서 차라도 마시고 갈까
어쩌면
그 가게 안에는 귀여운 아가씨가 있을지도 모르고
어쩌면 합석을 해서
사랑이 싹틀지도 모르고
나란히 돌아가서
아이가 태어날지도 모르고
그리고 또
……
……
방 밖에서는 여전히
쉴 새 없이 자동차들이 오가는 소리

시대 속의
내 안의
형형색색의 자동차

영원할까?

5월, 창문을 열면

5월
떨리는 방을 나와
이제 돌아가려 한다

거기에는 비가
파수의 비가
아직 내리고 있을까

떨리는 방을 나오기 위한 간단한 손짐
불안한 눈으로 쫓던 것
희미하게 들려오던 소리
뚝뚝 흐르는 풍경과 사건

눈을 내리깔고
아니 눈을 크게 뜨고
확실히 손에 닿는 것만을 담아
다시 살아가기 위한 짐을 싼다

비는

오지 않는다
돌아오자마자 굵은 빗방울이 지붕을 두드렸지만
비는
오지 않는다

비가 그친 이곳에서
나는 또다시 창문을 열 참이다

창문을 열면 거기에는
흙 내음 가득한 밭뙈기가 있고
야들한 흰 파가 얼굴을 내밀고 있겠지
그리고
투명한 찬바람이
멀리서
확 끼쳐올 것이다   .

다정하게 지키는 밤

비가 그치고
창문을 연다

말갛게 갠 파란 하늘을
교차하며 비행기구름이 달린다
선명하게 뻗어 나가는 하얀 선
새털구름처럼 퍼지는 구름
벌써 희미하게 사라져 가는 구름도 있다

그 아래에는
이웃집의 지붕이 있다
지붕 아래에는
그곳에도 역시 창문이 있고
안에서는 아이의 장난을 나무라는 어머니의
새된 소리가 들려온다
좀 더 아래쪽에는
포도 잎이 바람에 나부껴 펄럭거린다
빛을 흠뻑 받아서
기쁨에 겨운 춤사위처럼 날뛴다

나는 아까부터
손으로 턱을 괴고
창밖을 바라보며 꼼짝 않고 있다
햇살을 머금은 하늘과 구름
평소와 다름없는 집들
정겨운 사람 소리
날뛰는 포도 잎
그것들의 아름다움에 마음을 빼앗긴다

앗!
배추흰나비 한 마리가 바람을 타고 날아오르다가
사라졌다

이건 어쩌면 기적이다
빛 속의 낮 생활을
무엇 하나 놓치는 법 없이
밤이 다정하게 지킨다

어깨를 감싸는
등 뒤의 손

어쩌면 기적이다

이제 곧 어떤 이가 찾아오겠지
문을 열고

그 모든 일도
어김없이 다정하게 지키는 밤

한 장의 그림

물들기 시작한 가로수가 아름다운 국도 4호선*
교외 대형 서점의 넓은 주차장은 만차다
참, 오늘은 공휴일이지
겨우 자리를 찾아 차를 대고는 한숨 돌린다
피곤이 몰려와서 하늘을 올려다본 순간
그 새파란 눈부심에 빨려들어 갈까 봐
눈을 감고 말았다

감은 눈 안쪽에서는
여전히 눈부신 빛이 희미하게 빛난다
그대로 계속 눈을 감고 있자
마음을 뒤흔드는 공기가 밀려오고
하늘이 열린다
똑 닮은 두 사람의 눈이
나를 향해 다가온다

조악한 진녹색 커튼이
양옆으로 활짝 펼쳐지고
예수를 품은 마리아가

긴장한 눈을 부릅뜨고
놀란 얼굴로
그러나 의연하게 앞을 응시하며 등장한다

바람을 잉태하여 불룩하게 부푼 마리아의 베일이 너울
거리고
돌풍이 확 덮쳐온다
희생된 수많은 아기의
뭉게뭉게 피어오르는 구름 같은 두개골을 뒤로하고
자신을 바라보는 사람을 향해
정면에서 똑바로 걸어오는 마리아

그 얼굴은 마치 방금 잠에서 깬 듯한
여태껏 아무것도 몰랐다는 듯한
평범한 상인의 딸의 얼굴이다
어떤 운명이 덮친 걸까
죽임을 당하도록 약속된 아이를 낳고
사명을 완수하려고 일어선 순간의 모습
무시무시한 운명을

작고 가냘픈 가슴으로 받아들인다

아기의 모습을 한 예수는
다부진 왕의 얼굴
마리아를 다독여 일으켜 세우는 쪽은
두려움을 모르는 예수다
두 사람의 얼굴은 쌍둥이처럼 닮았다
동지이자 연인으로
한 치의 어긋남 없이 이어져 있다

내가 보고 싶은 건 마리아와 예수의 모습
단 한 장의 그림
이 세상 어딘가에 그것은 있다고 한다

눈을 뜨니 여전히 햇빛은 눈부시고
오후 3시
차에서 내려 서점을 향해 걷는다

〈옮긴이 주〉
* 국도 4호선: 일본 도쿄 주오(中央) 구와 아오모리(青森) 현 아오모리 시
  를 잇는 일반 국도.

축제

인적도 뜸해진 깊은 밤
역 앞 큰길의 건물이 죽 늘어선 인도를
술에 취한 남자가 걸어간다
비트적비트적
당장에라도 넘어질 듯
넘어지지 않고
절묘하게 균형을 잡으며 걸어간다

엘 우마와케뇨* 곡이 들려온다
중남미의 어느 나라에서 온 두 남자
대형은행 입구 앞의 좁다란 공간에서
각각 악기를 들고 경쾌한 리듬으로 연주를 한다
술 취한 남자는 주저 없이
그 앞에서 춤을 추기 시작한다

딴따라딴딴 딴따라딴딴 딴따라딴딴딴
딴따라딴딴 딴따라딴딴 딴따라딴딴딴
따라 라라 라라 라라……
넘어질 듯

넘어지지 않고
리듬을 타며 빙글빙글 돌다가
능숙하게 엉덩이를 흔든다

잠시 후
어디선가 술 취한 여자 한 명이 다가와
플라멩코* 댄서처럼
치마를 걷어 올리고 춤을 춘다

그때
택시가 멈추고
부부로 보이는 중년 남녀가 내린다
흰 지팡이를 옆으로 툭 던져버리고
사교댄스처럼
손을 맞잡고 춤을 추기 시작한다
둘 다 맹인인가 보다

모두 저마다
저마다의 세계를 춤춘다

엘 우마와케뇨는 빙글빙글 돌며
계속해서 사람들을 끌어모으고
돌고 돌아
높은 곳으로 올라갈 기세다

나는
춤출 용기가 나지 않아서
벽에 기댄 채
꿈같은 그 광경을 넋을 잃고 바라본다

딴따라딴딴 딴따라딴딴 딴따라딴딴딴
딴따라딴딴 딴따라딴딴 딴따라딴딴딴
따라 라라 라라 라라……

샐러리맨으로 보이는 젊은 남자가 종이팩에 든 싸구려
술을 들고
비트적비트적 다가와 벽에 기댄다
빨대로 쭉쭉 술을 빨면서
"그렇게 수줍어서 어쩐다"

라고 말하듯
능글맞게 윙크를 한다

〈옮긴이 주〉
* 엘 우마와케뇨(El Humahuaqueño): 안데스 지방의 민속 음악. 페루, 볼
  리비아에 사는 인디오의 민속 무용인 와이뇨(Huaiño 또는 Huayño)가
  아르헨티나 서북부의 인디오에 전해져 카니발의 춤곡이 되었고, 카르
  나발리토(Carnavalito)라고 부른다. 엘 우마와케뇨는 이 형식을 도입한
  곡이다.
* 플라멩코(flamenco): 에스파냐 남부의 안달루시아 지방에서 예부터 전
  해 내려오는 민요와 춤. 기타와 캐스터네츠 소리에 맞추어 손뼉을 치
  거나 발을 구르거나 하는 격렬한 리듬과 동작이 특색이다.

바람은 이미 잔잔해졌으니까

그 언젠가 나는 걸었던 적 있을까
아니, 걸었던 적이 없다 한 번도

놀다 지친 석양
붉게 물든 채 산 너머로 사라져 가는 석양을 바라보
았다
여윈 고개를 갸웃하며

가족들이 집을 비운 사이 외풍이 새어드는 허름한 방
에서
하루하루의 드라마를 털어내던
책상 밑이나
고타쓰* 속으로 파고들며

나는 한 번도 이 세상에서 걸었던 적 없고
짙은 안개 속에서
토끼처럼 눈을 부릅뜨고
귀를 쫑긋 세웠을 뿐이다
바람은 어딘가에서 노상 불고 있었다

이윽고 바람소리가
누군가의 비통한 기도처럼 들리기 시작했다
나는 뒤돌아보았다
거기에는
당신이 놀란 얼굴로 서 있었다

우리는 흡족한 표정으로
눈부신 빛 속에서
사랑하는 이들에게 허락된 모든 것을 보았다
"관광 여행이란 건 이리도 멋진 거로군"
당신은 그렇게 말했다

시간이 흐르고
당신은 지나갔다

잔향에 휩싸인 채
나는 간신히 걷기 시작한다
한 걸음 두 걸음 세 걸음……

바람은
이미 잔잔해졌으니

〈옮긴이 주〉
* 고타쓰: 일본의 난방 기구. 탁자 아래 숯불이나 전기 등의 열원(熱源)
  을 놓고 이불을 덮은 형태이다.

내적 체험의 문학적 에세이

지속되는 비전(1)

오래 전 나는 겸업 농가의 맏아들과 결혼하여 두 아이를 낳고 육아에 전념하며 대가족의 맏며느리로 평온하게 살고 있었다. 물론 겉보기에 그렇다는 말이다. 늘 나 자신이 희박한 느낌이었고, 어딘가를 부유하는 듯한 기분이 들 때도 종종 있었다.

큰딸이 초등학교 4학년, 둘째 딸이 2학년이던 해였다. 여느 때처럼 대나무 빗자루로 안뜰을 청소하고 있는데, 오른쪽 어깨에서 가슴으로 이어지는 부분에서 탁 소리가 나더니 거기에서 물이 졸졸 흐르기 시작했다. 마치 고여 있던 물이 터져 나오는 느낌이었다.

다음 날 세탁기 앞에 서서 빙글빙글 돌아가는 물을 바라보고 있었다. 그때 등 뒤에 뭔가가 느껴져서 뒤돌아보니 열린 창문 너머로 구름 한 점 없는 새파란 하늘이 펼쳐져 있었다. 다시 세탁기 속으로 눈을 돌린 순간, 머리 위로 펼쳐진 넓은 들판에 갓난아기 한 명이 떨어졌다. 아기는 벌떡 일어나 홀로 어딘가를 향해 걸어갔다. 갑자기 뭔가가 가슴을 옥죄어 왔다. "날 낳은 이는 누구인가요?"라는 말이 들려왔다.

오른쪽 어깨에서 흘러나온 물은 조금씩 뱃속에 고였고

어느새 맑은 물웅덩이가 생겼다. 며칠이 더 지나자 그 물웅덩이에 하얀 달이 가라앉아 있었다. 나는 그 하얀 달을 건져 올리려고 손을 뻗었다. 아무리 기를 써도 손에 잡히는 것은 없었고 달은 여전히 물속에 가라앉은 채였다. 몇 번을 시도했지만 마찬가지였다. 내 뱃속에서 달은 점점 커져 갔다. 1990년 가을 무렵이었다.

이듬해인 1991년 즈음부터 나는 무언가를 찾으러 떠나야만 할 것 같은 기분에 사로잡혔다. 6월 23일은 친언니의 13주기 되는 날이었으므로 나는 그걸 구실 삼아 제사가 있기 전전날 집을 나섰다.

출발하는 날 아침 일찍 집을 나서려는데, 안채 현관에 놓인 선인장 화분에 꽃이 피어 있었다. 시어머니가 놀란 표정으로 외쳤다. "어머, 20년도 넘게 안 피더니!" 큼직한 흰 꽃이었다.

친정이 있는 이와테 현의 모리오카 역까지 가는 동안 고치高知를 출발해 오카야마岡山, 오사카大阪와 교토京都, 나고야名古屋, 요코하마横浜, 도쿄東京, 그리고 후쿠시마福島와 센다이仙台 등을 거쳤다. 나는 가는 내내 울음을 억누르며 절실하게 무언가를 찾아 헤맸다. 모든 역에 일일이 내리지는 못했지만, 홈에 서 있는 사람들이나 벤치에 앉아 있는 사람들의 얼굴을 유심히 살폈다. 그제야 나는 내가 찾는 대상이 사람이라는 사실을 깨달았다.

늦은 밤 모리오카 역에 내려 택시를 타고 친정에 도착했다. 아버지와 어머니는 오랜만에 보는 딸과 차분히 이야기를 나눌 작정으로 그 시간까지 나를 기다리고 있었지만 내가 난데없이 "내일 아침 일찍 나서서 홋카이도北海道 끝까지 다녀오려고요."라고 말했다. 두 분은 영문을 몰라 어리둥절한 표정으로 나를 바라보았다. 나는 내 마음속에 일어난 불가사의한 변화나 하얀 달 등에 대해 털어놓았다. 그게 무슨 황당한 소리냐며 어머니는 펄쩍 뛰었지만 아버지는 "다녀오고 싶으면 다녀와야지 어쩌겠냐."라며 이해해주었다.

다음 날 아침 나는 다시 모리오카 역에서 열차를 타고 북쪽으로 하염없이 달려 세이칸 터널1)을 통과했다. 눈에 핏발을 세운 하얀 뱀이 바다 밑바닥을 질주했다. 지상으로 빠져나오자 홋카이도에 다다라 있었다. 열차가 심하게 흔들리는 통에 나는 아무것도 먹지 못했다. 우롱차 한 병을 조금씩 홀짝일 뿐이었다.

자꾸만 그 흰 꽃이 눈에 밟혔다. 나를 배웅해 주려고 핀 꽃임이 틀림없었다.

하코다테函館, 삿포로札幌를 거쳐 아사히카와旭川에 이르렀을 무렵 날이 저물었다. 여관을 찾아 하룻밤 묵을 심산으로 역에서 내렸다. 역 앞에 있는 안내소에서 여관을 알아보았지만 마침 무슨 학회가 열려서 그 일대의 모든 여관방이 다 찼다고 했다. "나요로名寄라면 분명 빈 방이 있을 거예요."라는 말에 또다시 열차에 올랐다.

---

1) 세이칸(青函) 터널: 일본에서 가장 큰 섬인 혼슈(本州)와 일본의 최북단에 위치한 섬인 홋카이도를 잇는 해저 터널.

한밤중에 나요로에 도착했을 때, 역 앞 거리에는 사람 그림자 하나 보이지 않았다. 그때 저 멀리에서 불빛이 보였다. 가까이 다가오기에 자세히 봤더니 자동차의 전조등이었다. 나는 가만히 서서 기다렸다. 잠시 후 자동차는 내 앞을 붕 하고 지나쳐 갔다. 자동차 뒤쪽의 빨갛고 작은 후미등이 천천히 멀어지다가 시야에서 사라졌다.

하늘을 올려다보자 여름의 대삼각형[2]이 보였다. 알타이르, 데네브, 베가. 나는 아사히카와의 안내소에서 소개해준 여관을 향해 아무도 없는 역 앞 상점거리를 걸었다. 갑자기 떠들썩한 음악 소리가 들렸다. 파친코[3] 가게였다. 그곳을 지나자마자 소리는 뚝 끊겼고 다시 쥐 죽은 듯 고요해졌다. 뒤돌아보자 아리모토 도시오[4]의 그림 속에서 튀어나온 듯한 소녀가 휙 하고 건물 그림자 속으로 숨는 모습이 보였다.

여관에서 두세 시간쯤 겨우 눈만 붙이고 나와 새벽 기

---

2) 여름의 대삼각형: 여름철 북반구 밤하늘에서 쉽게 볼 수 있는 밝은 별 3개가 이루는 가상의 삼각형이다. 독수리자리의 알타이르, 백조자리의 데네브, 거문고자리의 베가로 이루어진 삼각형 모양의 성군이다.

3) 파친코: 일본의 도박 게임. 2007년 말 통계에 의하면 일본 전역에 17,000여 개 업소, 연간 매출액 약 29조 500억 엔, 종업원 수 44만 명에 달하는 산업이다.

4) 아리모토 도시오(有本利夫, 1946~1985): 일본의 화가. 이탈리아 르네상스 시기의 화가 조토(Giotto), 피에로 델라 프란체스카(Piero della Francesca)를 비롯하여 일본의 고대 불상 '헤케노쿄(平家納経)' 등의 영향을 받았다.

차를 타고 다시 북쪽으로 향했다. 이렇게 멀리까지 왜? 대체 어디로? 남편과 딸들을 속이고 온 여행이어서 시간이 지날수록 돌아가야 한다는 죄책감에 시달렸다. 목적조차 모르는 여행이었다. 그런데도 자꾸만 조바심이 났다. 세찬 바람에 휩쓸리고 있었다.

가도 가도 끝이 없는 원시림과 선로 사이에 밭이 있었고 그곳에서 잡초를 태우고 있었다. 연기가 어느 방향으로 흘러가는지 자꾸만 신경이 쓰였다.

왓카나이稚內에 도착해서 택시를 타고 소야宗谷 곶으로 향했다. 매서운 추위에 이가 딱딱 부딪쳤다. 곶의 끝자락에 이르러 택시에서 내렸다. 양쪽에서 몰아치는 해류가 힘겨루기를 하듯 맞부딪치고 있었다. 열차에서 만난 사람이 "거기 가봤자 아무것도 없어요."라고 말한 대로 정말 아무것도 없었다. 집어삼킬 듯 널뛰는 해면을 갈매기와 괭이갈매기가 아슬아슬하게 스치며 날아다닐 뿐이었다. 너무 추워서 오래 있기도 힘들었다. 기념품 가게에 들어갔더니 진열해 놓은 지 20년은 되어 보이는 장식품들을 팔고 있었다. 손님은 한 명도 없었다. 기다리고 있던 택시를 타고 왓카나이 역으로 되돌아가서 열차로 삿포로까지 갔다가 야간 침대 열차를 타고 모리오카로 돌아왔다.

새벽 6시쯤 친정에 돌아왔다. 제사 준비를 돕지 않은 나를 마뜩잖게 바라보는 어머니의 눈치를 보며 제사를 지낸 뒤 그날 밤은 친정에서 묵고 다음 날 고치로 돌아갔다. 선인장의 흰 꽃은 이미 흔적도 없이 사라져 있었다. 뱃속의 하얀 달은 점점 더 커졌다.

그 무렵부터 나는 다른 사람이 보기에 조금 이상한 방식으로 독서를 했다. 남편의 눈을 피해 한밤중에 욕실에서 읽거나 불빛이 새어 나가지 않도록 이불 속에서 손전등을 켜고 읽었다. 또 딸들을 학원에 데려다 주거나 데리고 오는 시간을 이용하여 가로등 아래에 차를 대놓고 일분일초를 아까워하며 읽었다.

개를 세 마리 키우고 있었는데, 나는 더는 그 개들에게 먹이를 줄 수 없었다. 왜 목줄에 묶인 채 사는 걸까? 왜 그리 서글프게 우는 거지? 한 마리씩 죽어가는 개들. 나는 차례로 죽어가는 개들과 같은 눈높이에서 몸을 웅크린 채 하늘을 올려다보았다.

나는 가끔 딸들에게 "미안하지만 언젠가는 너희 곁을 떠날지도 모른단다. 혹시 무슨 일이 생긴다면 정말 미안해."라고 말하곤 했다. 그래서인지 두 딸 모두 곧 무슨 일이 일어나겠구나 하고 각오하는 눈치였다.

달은 점점 커져서 목구멍까지 차올랐다. 숨이 막힐 듯이 괴로워서 눈물이 났다. 영락없는 피눈물이었다.

어느 날 시어머니가 용돈벌이 겸 하던 부업을 돕고 있었다. 나는 서쪽을 보고 앉아 있었는데, 문득 고개를 든 순간 거센 돌풍이 불어왔다. 시어머니는 태연한 것으로 보아 나에게만 불어오는 바람이었다. 나는 깎아지른 듯한 낭떠러지에 서 있었다. 거센 바람 탓에 숨쉬기조차 어려웠다. 입을 여는 순간 바람이 몸속으로 들어와 몸이 날아갈 것 같았다. 숨을 쉬려고 조심스럽게 옆으로 비켜 섰다. 내가 서 있는 곳과 비슷한 낭떠러지들이 건너편에도 서너 군데 보였다. 거기에는 각각 한 명씩 사람들이 서 있었다. 누구인지는 알 수 없었다.

나는 두려움을 억누르며 거울을 보았다. 거울에 비친 내 눈, 그것은 나를 죽이려는 눈이었다.

밤중에 밖에 있는 화장실까지 십 미터 정도도 걷기 힘들었다. 도중에 주저앉아 무릎을 끌어안고 있으면 별빛이 날카롭게 비쳐 내 목덜미에 내리꽂혔다. 온몸이 쓰리고 아팠다.

어떤 존재가 뒤에서 떠미는 듯도 했고 끌어당기는 듯도 했다. 죽이려는 걸까? 이제는 죽는 수밖에 없다고 생각하고 각오를 다졌다. 마흔 번째 생일을 죽는 날로 정하고 하루하루 날짜를 세어가기 시작했다.

1994년 7월 2일, 마흔 살 생일까지 두 달이 채 남지 않은 날이었다. 그 무렵 나는 가족들 몰래 책을 읽기 위한 구실로 도자기 공예 보조 일을 하러 다니고 있었는데, 그곳의 여성 도예가의 추천으로 어느 미술 수집가의 강연회를 들으러 갔다.

새로 생긴 현립縣立미술관의 개관 이벤트로 열리는 강연회였다. 나는 맨 앞줄에 앉아 있다가 무대로 나온 수집가의 얼굴을 보자마자 울기 시작했다. 손으로 입을 틀어막고 소리가 새어나가지 않도록 했지만 온몸이 바들

바들 떨리고 눈물이 폭포수처럼 터져 나왔다. 몸속의 수분이 전부 빠져나가는 듯했다. 약 두 시간 동안 이어진 강연이 끝날 때까지 나는 계속해서 울었다. 강연 내용이 감격스러웠다거나 강사의 분위기에 감동을 받아서가 아니었다. 다만 때가 되었을 뿐이었다. 댐이 터졌음을 직감했다. 딱히 울고 싶지도 않았다. 수분을 쏟아내는 나를 놀랍고도 냉정하게 바라보는 내가 있었다.

다음 날 공방에 가서 그 이야기를 했다. 평소에도 내 상태가 심상치 않음을 느끼고 있던 그 여성 도예가는 내게 기분 전환 겸 지인의 서예 전시회를 보고 오면 어떻겠냐고 제안했다.

이튿날 그 서예 전시회를 구경하는 김에 조간신문에서 본 그림 전시회도 보고 올 요량으로 번화가에서 조금 벗어난 곳에 위치한 작은 카페에 들어갔다. 젊은 화가의 전시회였다. 좁은 가게 안에 걸린 여러 장의 그림을 둘러본 뒤 카페의 바 자리에 앉았다. 마침 전시회의 주인공인 화가가 자리하고 있기에 이런저런 이야기를 나눈 다음 자그마한 책장에 꽂힌 몇 권의 책 중에서 한 권을 꺼내어 훑어보았다.

그 시문학지의 중간쯤에 실린 '시에 대한 단편'이라는 에세이가 내 눈길을 사로잡았다. 그 글에는 아무도 알 리가 없다고 생각한 당시의 내 상태를 대변해 주는 내용이 쓰여 있었다.

놀라서 안색이 변하는 나를 보고 여주인은 "그 글을

쓴 사람은 지금 고치에 살고 있어요. 한번 만나 보면 어때요?"라고 말했다. 독서를 좋아하기는 했지만 막상 작가라는 존재는 구름 위에 있는 사람처럼 멀게만 느껴졌기에 "아니요, 당치도 않아요."라고 사양했다.

그 시문학지가 바로 동인지 『후네舟』였고, 그 에세이를 쓴 사람이 니시 가즈토모西一知였다. 『후네』 옆에는 『니시 다쿠西卓 시집』이 꽂혀 있었다. 니시 다쿠는 니시 가즈토모가 20대 때 썼던 필명이다. 시집을 집어 들고 몇 편의 시를 읽자마자 심상치 않은 끌림을 느꼈다. "만날게요, 만나게 해주세요."라고 말했다.

집에 돌아와서 빌려온 『니시 다쿠 시집』을 다시 정독했다. 그러는 동안 모든 비밀이 풀렸다. 그야말로 나를 위해 쓰인 시들이었다. 특히 후반부에는 작품집 『울림 있는 것』에 수록된 시 「홍수」「존재에 관하여」「빨간 블라우스를 입은 소녀」「한밤중에 밝은 빛 하나가」 등이 실려 있었는데, 그 시들은 영락없이 내 상태에 대한 화답이었다. 그 시들이야말로 지금껏 나를 부르던 목소리임을 확신했다. 깊고 깊은 고독의 영혼이 나를 불러들인 것이다. 나는 니시 가즈토모 시인이 그 시들을 썼을 무렵에 내가 어디에서 무엇을 하고 있었는지를 차례차례 연결해 나갔다.

다음 날 나는 니시 가즈토모를 만났다. 아니, 니시 가즈토모라는 시의 영혼 앞에 섰다. 무슨 말을 나누건 상관없었다. 나는 이미 다 알고 있었다. 나는 한 번 죽었다가 다시 태어나 시를 만난 것이다.

　어느새 달은 사라지고 없었다. 사라짐을 눈치챌 여유도 없었을 정도로 시를 만난 이후 나는 빠르게 변화해 갔다. 몸속의 세포들이 이상하리만치 근질근질했고 손발이 빙글빙글 돌기 시작했다. 마치 기뻐하는 아기의 몸짓처럼. 자유롭게.

지속되는 비전(2)

앞의 에세이에서 내가 시를 만나기 전 5년간 겪은 불가사의한 내적 체험, 내 뱃속에 하얀 달이 생겼고 그것이 점점 커져 양수가 터지듯 폭발했으며, 그 후 니시 가즈토모라는 시인의 영혼 앞에 섰다는 이야기를 했다. 이번 글에서는 내 시집 『합창대가 다가온다』의 작품을 따라가며 당시를 회고해 보려고 한다.

얼마 지나지 않아 나는 내 안에 또 한 사람의 내가 존재한다는 놀라운 사실을 깨달았다. 니시 가즈토모를 따라 시를 쓰기 시작했을 무렵의 일이다.

태어나자마자 걸음마를 뗀 '내 안의 나'는 처음 보는 사물들을 신기한 표정으로 두리번거리며 걷기 시작했다. 그때까지 행이 나뉜 '시'라는 것을 제대로 읽어본 적조차 없었지만, 처음 보는 풍경들을 메모했다가 작품으로 만들어 동인 시문학지 『후네』에 발표하기 시작했다.

> 컵에서 흘러넘치는 물은 무엇인가요
> 가슴을 옥죄는 것은 무엇인가요
> 뒤쫓아 오는 것은 무엇인가요

날 낳은 이는 누구인가요

–「가르쳐주세요」 전문

넓은 들판에 떨어진 아기
잠깐 하늘을 올려다보더니
이내 넓디넓은 들판을
석양을 쫓아 걷기 시작했습니다

–「하늘에서 떨어진 아기」 전문

가급적 풍경의 이미지를 시로 쓰고자 한 이유는 내 의지를 지우면 지울수록 이미지 속 풍경들이 선명해져서 좀 더 확실한 길로 나를 인도해 주리라는 생각에서였다. '내 안의 나'야말로 내가 살아갈 방향의 결정권을 가진 존재라고 믿었다.

눈에 보이는 세계와 눈에 보이지 않는 세계, 이 두 세계로 향하는 길이 동시에 열렸지만 항상 보이지 않는 세계로 난 길이 우선이었다. 눈에 보이는 세계에 살겠다는 의지뿐인 나는 빈껍데기처럼 질질 끌려갔다.

소설 『푸른 꽃』을 쓴 시인 노발리스[5]는 "정령이 죽으면 인간이 된다. 인간이 죽으면 정령이 된다."라고 말했다.

---

5) 노발리스(Novalis, 1772~1801): 독일의 시인, 소설가. 본명은 프리드리히 폰 하르덴베르크(Friedrich von Hardenberg). 독일 전기 낭만파의 대표적인 작가이다. 1799년 겨울부터 쓰기 시작하여 사후 출판된 미완성 장편 소설 『하인리히 폰 오프터딩겐(Heinrich von Oferdingen)』(1802년)의 주인공이 구하는 '푸른 꽃'은 낭만파의 이상적 상징이다. 이 소설은 우리나라와 일본에서는 『푸른 꽃』이라는 제목으로 각각 출판되었다.

그 후 나는 일상적인 세계에 몸담는 동안에도 내 의식을
배제하는 방법에 대해 깨달음을 얻었다. 나를 정령에게
바치기로 결심했다.

깜깜하고 아득한 우주의 끝에 바늘이 없는 커다란 시
계가 있다. 그 안쪽에는 수많은 잿빛 인간들이 줄을 지
어 걷고 있다. 대열에서 뚝 떨어진 아이. 그 아이의 목에
는 작은 시계가 걸려 있다. 공중을 둥둥 떠다니며 자신
의 시간을 유람하고 있다.

주체성은 '의식하지 않는 나'에게 있다. 의식하지 않는
나야말로 진정한 나 자신이다. 범람하는 이미지들에 몸
을 맡긴 채 나는 실존적인 삶을 살기 시작했다. 나아갈
방향은 고민할 필요가 없었다. 천사들이 알려주었으니
까. 이미지 속의 아기는 소녀로 변해 갔다.

> 생각할 때 고개를 갸울이는 이유는 목소리를 듣기 위해
> 서예요
> 눈을 들어 위를 보면
> 황급히 달아나는 천사가 보일 거예요
> ─「생각할 때」전문

> 터널 속으로 소녀가 돌아온다
> 빛은 반대쪽이야 내가 다그치듯 외친다
> 바람이 분다
> 장면을 바꾼다
> 또

바꾼다
그럼에도 꿋꿋이 돌아오는 소녀 곁으로
바람이 분다
                    − 「터널 속으로 돌아오는 소녀」 전문

 소녀는 대개 빨간색 원피스를 입고 있었다. 거울로 된
칸막이들이 미로처럼 늘어선 공간에서 무언가를 의식하
며 걷기도 했는데, 소녀 옆에서는 똑같은 옷을 입은 소
녀가 같은 방향으로 걷고 있었다. 잿빛 얼굴과 잿빛 손
발. 잿빛의 소녀는 마치 죽음을 향해 가는 사람처럼 정
면을 향해 똑바로 걸어갔다. 그 모습을 의식하며 수심에
찬 얼굴로 또 한 명의 소녀가 걸었다.

공기는 너무 단단해서
돌 속을 걷는답니다
입김을 불며 걸으면
부연 보랏빛 흔적이 남는답니다
                    − 「꽃」 전문

커다란 돌을 부둥켜안고
계단을 내려갑니다
사방이 기계로 가득한 마을
경계등 불빛이
쉴 새 없이 날아다닙니다
                    − 「패배」 전문

일상생활조차 힘들 때도 많았다. 각종 민원 업무를 보러 관공서에 갈 일이 생기면 웬일인지 몸이 말을 듣지 않았다. 세금은 눈에 보이는 나와 눈에 보이지 않는 나 둘 중에 누구에게 부과되는 걸까 하는 엉뚱한 생각만 들었다. 전기나 가스도 그랬다. 둘 중 어떤 내가 사용하는 걸까 하는 의문에 사로잡혔다.

바로 앞에서 친구가 이야기할 때도 나는 친구의 말이 무슨 뜻인지 도통 알 수 없었다. 바삐 움직이는 입을 바라보며 알아듣는 체를 하지만 마치 다른 장소에 있는 듯 멍했다.

한번은 당시 중학생이던 큰딸의 과학 교과서를 본 적이 있는데 혈액을 현미경으로 확대 촬영한 사진이 눈에 띄었다. 적혈구며 백혈구, 혈소판 등의 농도 기울기나 배치 따위가 마치 이야기 속의 한 장면이나 풍경처럼 보였다. 혹시 내가 바라보는 온갖 이미지도 몸속의 세포나 혈액이 나타난 모습은 아닐까 하는 생각마저 들었다.

다른 어느 날 설거지를 하려고 싱크대 앞에 섰다. 그런데 항상 있는 곳에 수세미가 없었다. 여기저기 찾다가 결국 포기했을 때 냉장고를 열자 그 안에 수세미가 있었다. 내가 두지 않았다면 거기에 있을 리 없었다. 의식을 가진 나는 부질없다. 그 작은 세계의 주위를 빙 둘러싸고 본래의 세계는 더 크게 존재한다.

마치 망령처럼 어느 정도의 거리를 두고 하루하루 변해 가는 일상을 바라보았다. 종교인으로 치면 신이라고 부르는 커다란 손. 나를 움직이는 존재. 그 존재를 향해 눈을 돌리고, 귀를 기울이고, 느끼려고 애썼다.

실존이라는 말은 매우 모호해서 이해하기 어렵지만, 나는 사물의 존재가 실존으로 다시 태어나는 과정을 체험했다. 식물 상태에서 동물 상태를 거쳐 사람의 모습이 된 나는 치졸한 상식들을 익히며 그럭저럭 사람 행세를 하며 살았다. 그러다가 어떤 계기로 내부가 폭발하면서 죽음을 경험했다. 하지만 한 사람의 실존하는 인간 앞에 섬으로써 마침내 인간으로서의 실존을 깨달았다. 실존은 자연적인 본능조차 더욱 활성화한다. 야스퍼스[6]의 '포괄자包括者'라는 개념과 비슷할지도 모른다. 야스퍼스는 실존이라고 명명하진 않았지만 아내 게르트루드Gertrud를 포괄자라고 칭하고 남녀 쌍방의 실존적 만남에는 분명히 어떤 신비적인 현상을 일으키는 요소가 숨어 있다고 말했다.

나는 나에게 일어나는 사건이나 운명에 대해 지나치게 의식하지 않으려고 노력했다. 운명을 너무 똑바로 응시해서는 안 될 것 같았다. 신경 쓰지 않으려고 노력하면서 몸을 내맡겼다. 운명이 우리를 쉽게 움직일 수 있도록. 그럴수록 운명은 점점 밀려왔다. 불가사의한 일이

---

6) 칼 야스퍼스(Karl Jaspers, 1883~1969): 독일의 철학자. 하이데거(Martin Heidegger)와 함께 독일 실존주의의 대표자이다. 야스퍼스가 전개한 '포괄자'라는 개념은 인간이 시계(視界)를 무한히 넓혀나가면 그 극한에서 모든 시계를 자신 속에 포괄한다는 뜻이다.

끊임없이 일어났다.

이렇다 보니 나는 시시때때로 어떤 커다란 존재의 힘을 느낀다. 철학으로는 설명하기 어려운 무언가를. 존재 그 자체인 여성이 깨어나는 신비로움을. 이에 대한 고찰은 앞으로 여성들에게 매우 중요한 과제라고 생각한다.

사회적 활약에 대한 의식으로서의 '여성의 자립'이 아니라 더 깊숙한 내면에서 일어나는 각성이다. 이 같은 내용이 담긴 문헌은 많지 않지만, 메테를링크[7]는 수필집 『빈자貧者의 보물』 중 '신비 도덕'이라는 장에서 다음과 같이 말했다.

> "만일 우리의 영혼이 갑자기 눈에 보이는 형태를 가지고 모든 장막을 벗어던진 채, 가장 비밀스러운 사상만을 싣고 배후의 가장 불가사의하고 말로 표현하기 어려운 삶의 활동들을 이끌며 다른 영혼들 속으로 나아간다면 어떤 일이 일어날까?"

생명의 깊숙한 곳으로 직접 들어가기 쉬운 여성들이 본능적인 직관 능력을 발휘하여 각성하기를 바라는 기도와 기대가 담겨 있다. 키에르케고르[8]나 릴케[9]의 여러

---

7) 모리스 메테를링크(Maurice Maeterlinck, 1862~1949): 벨기에의 시인, 극작가. 상징주의를 대표하는 작가이자 침묵과 죽음 및 불안을 표현한 극작가이다.

8) 키에르케고르(Kierkegaard, 1813~1855): 덴마크의 철학자, 종교 사상가. 실존주의 사상의 선구자이다. 개인이 직면하는 감정과 감각의 문제 등 종교적 실존에 관한 문제를 주로 다루었다.

9) 라이너 마리아 릴케(Rainer Maria Rilke, 1875~1926): 독일의 시인, 소설

저작에서도 이와 같은 생각을 엿볼 수 있다.

니시 가즈토모의 시인으로서의 태도와 삶의 방식은 『영혼의 암야』나 『가르멜 산의 등반』을 쓴 개혁 가르멜회 수도사인 십자가의 성 요한[10]에 가장 가깝다고 본다. 비록 기독교 신자는 아니었지만 니시 가즈토모는 단 하나의 갈증, 오랜 세월 시를 쓰는 동안 변함없이 고수했던 하나의 동경으로 그 시 정신을 관철했다. 가르멜회 수도회의 수녀들과 성 테레사[11]는 성 요한을 맞이하여 "드디어 바라 마지않던 개혁이 확실시되었다."라고 말하며 기뻐했다고 한다.

시집 『합창대가 다가온다』의 후반부에는 어른이 된 여성의 이미지가 나타난다.

여자가 손을 뻗자
남자는 서둘러 잡아당겼지만
여자의 팔은 뭉게구름처럼 풀어지고
들판은 마치

가. 실존주의 사상의 선구자이다. 섬세한 감수성으로 근대 사회의 모순에 대한 깊은 번뇌를 통해 고독·불안·죽음·사랑·초월자 등의 문제에 관한 깊이 있는 작품을 썼다.

10) 십자가의 성 요한(Juan de la Cruz, 1542~1591): 에스파냐의 신비시인. 가르멜회의 수도사로서 세련되고 순수한 시적 표현으로 하느님의 사랑을 정열적으로 찬양했다.

11) 성 테레사(Teresa, 1515~1582): 에스파냐의 수녀. 아빌라의 테레사 또는 예수의 테레사라고도 한다. 가르멜회 수도원의 수녀로서 16세기 에스파냐의 가톨릭 개혁을 주도했다.

하얀 불꽃이 이는 바다와 같습니다

—「풀어지는 팔」 전문

한 송이 꽃에는 반드시
한 명의 나그네가 있어서
저 멀리에서
출구는 아직 멀었느냐고
손차양을 하고서
다가온다

—「꽃에는 반드시」 전문

기도가 시작될 때
옥수수밭의 이삭들은 하늘에 닿는다
나그네들은 눈이 부신 듯
그 광경을 바라본다

—「기도가 시작될 때」 전문

일상적인 생활을 영위하는 눈에 보이는 나와 눈에 보이지 않는 나. 의식하는 나와 의식하지 않는 나. 그리고 쓰는 행위를 통해 이끌려나오는 시 작품.

시를 쓰는 동안 의식하지 않는 내가 의식하는 나를 끌어당긴다. 그러면 시 작품은 그 양쪽을 움켜쥐고 방향을 결정한다. 이미지에서 이끌려나온 작품은 내 의식을 순식간에 통과하는 힘을 가지므로 반년이나 일 년 후의 내 상태를 예언하기도 한다.

일단 쓰인 시는 내 일상생활을 송두리째 바꿔 버린다.

시를 만나고 시를 쓴 지 약 1년 반 만에 첫 시집 『합창대가 다가온다』가 리얼리티 시리즈 제1권으로 출판되었다.

『합창대가 다가온다』라는 제목은 플라톤[12]의 『파이드로스』 중 천계에서 제우스가 합창대를 거느리고 행진하는 장면에서 나왔다. 괴테[13]의 희곡 『파우스트』 제2부에서 천상의 헬레나가 합창대와 함께 파우스트를 맞이하는 내용도 이 장면의 차용이리라. 내 시들도 다가오는 누군가를 암시하는 것처럼 느껴져서 시집의 제목으로 붙였다. 시집이 완성되고 내 손에 도착하여 그것을 펼친 순간, 이제 집을 떠나야겠다고 생각했다.

---

12) 플라톤(Plato, BC 427~BC 347): 고대 그리스의 철학자. 객관적 관념론의 창시자로서 이데아설을 제창했다. 그의 저작 『파이드로스』는 아름다운 숲속 강변에서 이루어지는 파이드로스와 소크라테스의 대화이다. 전반에서는 인간 영혼의 편력과 참된 에로스가 무엇인지를 공상력이 풍부한 신화에 비유해 묘사했고, 후반의 웅변술 비판에서는 문학의 본질에 대한 깊은 통찰을 제시했다.

13) 요한 볼프강 폰 괴테(Johann Wolfgang von Goethe, 1749~1832): 독일의 시인, 극작가, 정치가, 과학자. 세계적인 문학가이며 자연연구가이다. 바이마르 공국(公國)의 재상으로도 활약했다. 대표작으로는 『빌헬름 마이스터의 편력시대』 『파우스트』 등이 있다. 그중 『파우스트』는 15~16세기 독일의 실존 인물인 파우스트 박사의 전설에서 영감을 얻어 60여 년에 걸쳐 완성된 희곡으로서 원초적 본능의 자아와 초월적 자아의 충동, 현세적 향락과 자연 탐구, 고대 그리스에 대한 동경 등을 담았다.

지속되는 비전(3)

1995년 봄, 시집 『합창대가 다가온다』가 출판되고 3개 월쯤 지난 어느 날 나는 집을 나왔다. 새벽 두 시 반에 맨몸으로 집을 나왔다. 아르바이트를 하던 도예공방까 지 두 시간 정도를 무작정 걸었다. 그곳에서 이삼 일 신 세를 지면서 당분간 지낼 집을 구하기 위해 돈을 빌 렸다. 부동산에서조차 망설이며 소개해줄 정도로 허름 한 아파트 방 한 칸에 자리를 잡고, 일거리를 찾아 이리 저리 돌아다닌 끝에 이삼 일 뒤부터 아파트 근처 슈퍼마 켓 안에 있는 수제 빵집에서 파트타임으로 근무하기 시 작했다.

시와의 만남이 나를 그동안의 삶에서 벗어나 자유로운 세계에 한 발짝 발을 들여놓게 만든 셈이다. 그와는 반 대로 그때까지 내가 있었던 곳에서 이는 무서운 파문.

롯의 아내[14]는 멀어지는 도시를 잠깐 뒤돌아보았다는 이유로 소금 기둥으로 변했다. 나는 뒤돌아보지 않았다.

---

14) 롯의 아내: 구약 성서 창세기 19장에 따르면 롯과 그의 가족은 죄악의 도시 소돔에서 신이 구원하기로 선택한 유일한 사람들이었다. 소돔이 멸망할 때 롯의 아내는 도망치던 중 천사의 경고를 무시하고 뒤를 돌 아보았다가 소금 기둥이 되었다.

다만 그들의 시곗바늘이 조금이라도 빨리 움직이기를 바랄 뿐이었다. 감히 그러기를 바랐다

초라한 방을 조금이라도 꾸며보고자 나는 우선 할부로 전자피아노 한 대를 샀다. 피아노를 쳐본 적이 없었기에 근처의 피아노 학원에 다니기 시작했다. 방에 딸린 조그만 정원에는 장미와 수국, 팬지 등을 차례로 심었다. 내 하늘은 열려 있었고, 모든 시간과 사건이 흰 도화지에 기록되어가는 것처럼 느껴졌다.

1회와 2회에 이어지는 이 에세이를 통해 나는 내적 체험으로 인해 새로운 세계에 눈뜬 여성 개인의 각성에 대해 말하려 한다. 그 각성의 계기가 바로 『니시 다쿠 시집』이었다고 앞에서 썼는데, 이 시집은 니시 가즈토모가 20대와 30대 초반, 그러니까 1950년부터 1962년에 걸쳐 쓴 세 권의 시 작품집과 『울림 있는 것』에 실린 산문을 한 권으로 묶은 책이다. 그 시들이 어떤 작품이었는지 몇 편 소개하려 한다.

　　모든 것이
　　당신에게
　　속해 있는 밤
　　나는 돌아가야만 합니다

　　내 마음을
　　쥐어뜯는 저

플루트의 어두운 소리조차

테이블 위에서 떨리는
내 시간조차
그것은
전부 당신 것입니다

모든 것이
당신에게
속한 밤
반쯤 눈 뜬 달

아마도
벽 뒤에서는
바람만이 불고 있겠지요

- 「반쯤 눈 뜬 달」 전문

이제
난 어쩌면
좋나

해질녘
제비가 날고
개구리가 울고
네온이 켜진다

164

환한
가게 앞에 서서
사과와
멜론, 참외를
한 아름 안고서

한데
들어봐요
연인이여 연인이여
우리의 환영회는
또 연기되었답니다

크렘린[15]
남쪽으로 내려가면 사디[16]의 묘
헤아려 봐요 연인이여
해가 지고
밤이 찾아오는
그 순간 지붕은

---

15) 크렘린(Kremlin): 중세 러시아의 성채·성벽으로서 오랫동안 러시아
황제들의 거성(居城)이었으나 18세기 초 페테르스부르크(지금의 상트페
테르부르크)에 '동궁(冬宮)'이 세워지면서 황거(皇居)로서의 기능을 잃었
으며, 1918년 이후 소련 정부의 본거가 되었다.

16) 사디(Sadi, 1209?~1291): 중세 페르시아의 실천 도덕의 시인. 신비주
의 탈박승으로서 30년간 이슬람권 각지를 방랑하며 여러 사람과 만나
실천 도덕의 길을 설파했다. 2대 걸작인 『과수원』과 『장미원』은 깊은
학식과 귀중한 인생의 경험을 기초로 해서 쓴 운문 시집과 산문 시집
이다. 특히 『장미원』은 중세 이래 최고의 교양서이면서 페르시아 산문
시의 극치라고 알려졌다. 문체는 간결·청신하고 해학을 섞어 많은 일
화와 격언이 실려 있다.

빛이 바라지

- 「황혼의 발라드 2」 전문

첫 번째 에세이에서도 이야기했듯이 나는 누군가가 나를 부르는 듯한 강렬한 이미지에 이끌리며 이리저리 방황했다. 그러던 내가 이 시들을 읽은 순간 나를 부르던 존재가 바로 이것이었구나 하고 확신했다. 한편으로는 갈망하는 대상을 만나는 기적은 일어날 리 없다는 깊은 슬픔도 동시에 느꼈다.

작품집 『울림 있는 것』 중에서 한 편을 소개하겠다.

한밤중에 밝은 빛 하나가 보인다. 나는 거기에 틀림없이 당신이 있다고 믿는다. 그리고 나는 여행을 떠난다.

어디로 가는 걸까. 사람의 몸을 가진 나는 알 길이 없다. 그래도 나는 안다. 나는 당신 말고는 달리 갈 곳이 없음을. 멀리 떠나온 지금 나는 생각한다. 나는 당신의 것, 내 출발은 곧 회귀. 당신 곁으로 돌아가는 것임을.

나는 한없이 당신 곁으로 돌아간다. 당신은 내 나라, 내가 돌아가야 할 땅. 어디로 가든 내 혈관은 당신에게로 이어져 있다. 내 혈액은 당신에 의해 흐른다. 당신의 혈관은 내 밤의 나라를 촘촘한 그물코처럼 채우고 있다. 만약 내가 내 길 위에서 헤매고 있다면 그것은 당신만을 원하는 마음 탓이다.

한밤중 단 하나의 밝은 빛이 보인다. 그것은 내 마음의 창에 비친 빛이다. 비가 내린다. 나는 블라인드를 내리고 눈을 감는다. 그리고 차에 몸을 싣는다.

한밤중에 나를 위해 기도하는 사람이여. 차가운 빗속에서 우리를 위해 기도하는 사람이여. 그 소리가 세상에 가득하다.

- 「한밤중에 밝은 빛 하나가」 전문

고독으로 가득한 시와 시에서 느껴지는 깊은 슬픔에 나는 강하게 반응했다. 나는 이 사람을 구원하러 가야 한다. 그런데 『니시 다쿠 시집』에는 도무지 그렇게 느껴지지 않는 작품이 두세 편 있었다. "이 시는 나를 위해 쓴 시처럼 느껴지지 않는군요."라고 말했더니 니시 가즈토모는 놀란 표정으로 "죄송합니다."라고 사과했다.

그 시는 「초여름의 식탁」과 「목적木賊류 군락 발생의 전말」이었다. 그 당시 젊은 시인들의 등용문으로 여겨지던 시문학지 『시가쿠詩學』에 투고하기 위해 쓴 시였으므로 심사위원의 눈을 의식한 작품이었다. 자기 자신을 정직하게 드러낸 시가 아니어서 니시 가즈토모도 남기기 싫은 작품이었다고 말했다.

집을 나온 뒤로 나를 얽매던 생활과 온갖 상식의 관념에서 해방된 나는 어떤 얼굴을 하고 있었을까? 그전까지는 젖빛 유리창을 통해 보던 풍경을 투명한 유리로 보기 시작한 나는 신경질적인 아이의 시선을 가졌으리라. 당시 나는 눈앞에서 일어나는 사건들에 바로바로 대응하지 못해 어쩔 줄 몰라 했다.

그 때문이었을까 나는 스스로도 믿기 어려운 행동을 한 적이 몇 번 있었다. 가령 다른 사람을 단죄하려는 행동이다. 니시 가즈토모를 비롯하여 내 앞을 가로막는 사람은 누구라도…….

그런 상황에 맞닥뜨릴 때면 내 몸에서 사람의 피가 쑥 빠져나감을 느꼈다. 피도 눈물도 없는 상태가 되는 것이다. 앞을 가로막는 사람에게 나는 냉정하게 "나가버려."라고 말했다. 마치 신이 들린 듯했다. 의식하는 나는 그렇게 행동하는 나를 위에서 내려다보며 어쩌면 좋을지 몰라 망연자실했다. 그 뒤에도 내 앞을 막아서는 사람이 나타나면 물을 끼얹기도 하고 발로 차내기도 했다.

공기가 타닥타닥 정전기를 일으킨다.

도스토옙스키[17]의 소설 『백치』의 클라이맥스를 연상케

---

17) 표도르 미하일로비치 도스토옙스키(Fyodor Mikhailovich Dostoevskii, 1821~1881): 러시아의 소설가. 19세기 러시아 문학을 대표하는 세계적인 문호이다. '넋의 리얼리즘'이라 불리는 독자적인 방법으로 인간의 내면을 추구하여 근대 소설의 새로운 가능성을 열어놓았다. 대표작으로 『죄와 벌』 『악령』 『백치』 등이 있다. 그중 백치는 도스토옙스키의 두 번째 장편소설로서, 백치라고 불릴 만큼 때 묻지 않은 순수성을 지닌 주인공 미슈킨 공작이 요양지에서 돌아와, 상인 로고진, 장군 집안의 딸 아그라야, 그리고 여주인공이며 불행과 능욕 속에서도 오만한 비극적 아름다움을 잃지 않은 나스타샤 등이 펼치는 인간정열의 드라마에

하는 긴장감.

미슈킨이 조금 괴로운 표정을 짓는다.

나스타샤는 그것을 용납하지 않는다.

곧 복수가 시작된다.

천국과 지옥이 동시에 뒤섞여 나타나면서 이야기가 전개된다. 그 필연에 따라 그 역할을 짊어져야 하는 사람들이 모여들면서 그 '장소'가 만들어진다.

보이는 사람에게는 보이지만 보이지 않는 사람에게는 자신의 눈앞에 무슨 일이 일어나는지 도무지 이해하지 못하는 '장소'. 긴박한 필연에 의해 설정된 절대적인 '장소'를 나는 보았다. 그것은 당사자조차 거역하기 힘든 누군가의 힘에 의해 출현하므로 인간적인 상식이나 가치관 등에는 눈길조차 주지 않는 오만으로 나타난다. 내 체험은 그런 식이었다.

제임스 조이스[18]는 이러한 '장소'를 '현현[19]'이라는 말로 표현한 것이 아닐까.

말려든다는 내용이다.

18) 제임스 조이스(James Joyce, 1882~1941): 아일랜드의 소설가, 시인. 20세기 문학에 커다란 변혁을 일으킨 작가이다. 37년간 망명자로서 국외를 방랑하며 아일랜드와 고향 더블린을 대상으로 작품을 집필하였다. 대표작으로 『더블린 사람들』『율리시스』 등이 있다.

19) 현현(epiphany): 평범하고 일상적인 대상 속에서 갑자기 경험하는 영원한 것에 대한 감각 혹은 통찰을 뜻하는 말. 원래 'epiphany'는 그리스어로 '귀한 것이 나타난다'라는 뜻이며, 기독교에서는 신의 존재가 현세에 드러난다는 의미로 사용되어 왔다.

일본 문학 중에 '장소'가 드러나는 작품으로는 사카구치 안고[20]의 소설 『만개한 벚나무 숲 아래』를 꼽을 수 있다. 안고가 어떤 체험을 했는지 자세히는 몰라도 무언가 보이지 않는 존재를 목격한 비밀스러움이 깃들어 있다.

그러한 '장소'에서 내가 보는 나란 아마도 그전까지 이미지 속에서 걷고 있던 빨간 원피스를 입은 소녀이리라. 소녀가 되기 전에는 들판에 떨어진 아기였으며, 그 전에는 하얀 달이었던 존재. 그것은 시를 만나고 집을 나옴으로써 내 몸 밖으로 비어져 나오기 시작했다. 그리하여 결국에는 폭발했다.

이토록 지극히 개인적인 사건을 쓰는 일에 무슨 의미가 있는지 나는 아직 모른다. 하지만 쓰지 않으면 안 되는 이유가 분명히 있다고 여겼기에 일단 쓰기 시작했다. 쓰다 보면 언젠가는 그 이유를 깨닫는 날이 오리라 생각했다. 기독교나 고대 그리스 사상, 르네상스 이후의 계몽사상 등의 문화적 배경을 가진 유럽 문학은 내게 그 이유를 충분히 설명해 주었다.

---

20) 사카구치 안고(坂口安吾, 1906~1955): 일본의 소설가, 평론가, 수필가. 근현대 일본 문학을 대표하는 작가이다. 순수 문학뿐 아니라 역사 소설이나 추리 소설, 문예와 시대 풍속에서 고대 역사까지 광범위하게 다룬 수필 등 다양한 작품 활동을 했다. 그의 단편소설 『만개한 벚나무 숲 아래』는 어느 산적과 아름답지만 잔혹한 여인과의 환상적이고 괴기한 이야기이다.

예컨대 최근 우연히 읽은 토마스 만[21]의 소설 『마의 산』(1924년)의 한 구절이다. 토마스 만은 『마의 산』의 마지막 장면에서 '인생의 골칫거리 아들'인 젊은 주인공 한스 카스토르프의 인물상에 대해 다음과 같이 말했다.

사물 자체에 대해서는 조금도 주의를 기울이지 않았다. 이는 영상을 현실이라고 여기고, 현실을 영상에 지나지 않는다고 생각하는 그의 오만한 성향에서 비롯한 결과였다. 그렇다고 해서 한스 카스토르프를 무턱대고 비난할 수만은 없다. 왜냐하면 현실의 사물과 영상과의 관계는 여전히 궁극적으로 설명되지 않기 때문이다.

한스 카스토르프의 인물상은 장 콕토[22]의 소설 『무서운 아이들』의 젊은 주인공들과 많이 닮았다. 또한 인터넷 사회를 살아가는 현대의 젊은이들과도 공통점이 있다. 나 또한 앞서 말한 여러 체험을 겪어 왔기에 이들

---

21) 토마스 만(Thomas Mann, 1875~1955): 독일의 소설가, 평론가. 사상적인 깊이, 높은 식견, 연마된 언어 표현, 짜임새 있는 구성 등을 구사한 20세기 독일 제일의 작가이다. 1929년 노벨 문학상을 수상했다. 대표작 『마의 산』은 사랑의 휴머니즘으로 향해 가는 정신적 변화 과정을 묘사한 작품으로 독일의 소설예술을 세계적인 수준으로 올려놓았다.

22) 장 콕토(Jean Cocteau, 1889~1963): 프랑스의 시인, 소설가, 극작가, 영화감독. 다방면에 이른 활동을 겸하며 문단과 예술계에 물의를 일으키기도 하였다. 소설 『무서운 아이들』은 어른이 되려는 과정에서 어른의 타협적인 세계에 들어갈 것을 거부하고, 순진무구하지만 그 때문에 죽지 않으면 안 되는 청년들의 세계가 아름답게 표현된 작품이다.

의 사고방식을 잘 이해한다.

그런데 한스는 다음 장면에서 전장에 있다. 전장에서 죽임을 당하는 자신을 영상으로 보는 것이리라. 장 콕토의 주인공들 역시 영상 밖으로 나오지 못했다. 콕토도 영화를 만들어 다른 사람들에게 보이지만 이 또한 영상에 그친다.

이 그친다는 말의 의미는 죽어가는 자신의 모습까지 제 눈으로 보고자 하는 집착과 상통한다. 최근 들어 나는 그러한 고집이 미의식을 낳는 게 아닐까 하는 생각이 든다. 또한 그 미의식은 아카데미즘으로까지 이어진다고 생각한다.

한마디 덧붙이자면 그 미의식은 동물적·남성적 미의식이 아닐까? 그러한 미의식이 오늘까지 예술이라는 이름으로 활개를 친 것은 아닐까?

일상생활의 행복이나 불행을 시로 쓰는 일은 논외로 하더라도, 그러한 상식이나 관념을 걷어낸 작품, 즉 그 사람의 존재 자체를 쓰고자 한 작품이야말로 예술일지도 모른다. 그러나 그 존재 자체는 자연의 육체를 가진 우리의 흉악하고 난폭한 성질을 포함한다. 물론 우리는 현재도 그 속에서 살아 숨쉬고 있으며, 그것을 좋다 나쁘다 평가하려는 의도도 아니다. 그렇지만 그 미의식에 의문을 품지 않는 한 예술은 또다시 전쟁 의식을 고취하는 데 유용한 수단으로 이용될 것이다. 사실 그 역시 일부 재력가들이 부를 축적하는 계략이지만…….

172

토마스 만은 바그너[23]의 음악에 이끌리는 자신의 예술성을 부정적으로 보았으므로 명확한 태도를 취하는 대신 항상 냉정하고 객관적인 견해를 가졌다.

가령 『마의 산』에서 '사랑'에 대해 다음과 같이 썼다.

우리가 지극히 경건한 것부터 적나라한 정욕과 충동에 이르기까지 참으로 다양한 감정 상태를 전부 표현하는 한마디, '사랑'이라는 말을 가졌다는 사실은 꽤 멋진 일이다. 이는 언뜻 보면 모호해 보여도 실은 아주 명료하다. 제아무리 경건한 사랑도 결코 육체와 분리할 수 없으며, 아무리 정욕적인 사랑도 일말의 경건을 갖고 있기 때문이다. 세련되고 친근한 표현도, 격렬한 정열도 그것이 사랑이라는 사실에는 변함이 없다. 사랑은 유기적인 것에 대한 친애이자, 부패하여 분해될 운명인 것들의 감동적이리만큼 욕구로 가득한 포옹이다. 아가페적 사랑은 열렬한 찬앙讚仰 위에도, 무모한 정열에도 분명히 깃들어 있다. 의미가 모호하다고 여길지 모른다. 그렇지만 사랑의 의미는 언제나 모호하다. 의미의 모호함이야말로 인생이며, 인간적이기도 한 까닭이다. 의미가 모호하다고 해서 이런저런 걱정을 사서 한다면 사랑을 제대로 이해하지 못했다는 말이다.

---

23) 리하르트 바그너(Richard Wagner, 1813~1883): 독일의 작곡가. 오페라 외에도 거대한 규모의 악극을 여러 편 남겼는데 모든 대본을 손수 썼고 많은 음악론과 예술론을 집필했다.

이렇다 저렇다 쉽게 판단하는 일은 분명 위험하다. 그러나 내적 체험을 겪으며 얻은 강인함으로 우리는 단 한 발짝이라도 앞으로 나아가야 한다. 이를 위해서는 여성의 본질적인 각성이 필요하다. 그것을 추구하지 않는다면 동물적·남성적 미의식이 다시 고개를 들 것이다. 결국에는 인간은 파멸에 이른다.

『마의 산』이야기로 돌아가자면, 토마스 만은 한스 카스토르프가 존경하는 민헤어 페퍼코른의 입을 빌려 "깨우쳐지고 도취된 생명과 신이 합환合歡하기 위해 사용되는 기관이 인간이다. 인간의 감정이 무력해지면 신의 굴욕이 시작된다. 이는 곧 신의 남성으로서의 힘의 패배이자 우주의 파멸이며, 여기에서 상상을 초월하는 공포가 시작된다."라고 말했다.

우주의 파멸을 피하려면 남성은 아직도 미의식의 밑바닥에서 잠들어 있는 여성들에게 종교적이라고 할 만한 의무감을 가지고 호소해야 한다. 그 호소하는 힘을 나는 '시'라고 정의하고 싶다.

다시 나의 내적 체험담으로 돌아가려 한다. 내가 집을 나온 후에 니시 가즈토모도 그때까지 살던 집을 떠나 홀로 고치 시내의 아파트에 세 들어 살기 시작했다. 겨우 고치에 정착해서 한숨을 돌리는가 싶었을 때 나는 돌연 "고치를 떠나 이와테로 돌아가려고요."라고 말했다. 외부적인 사정이 있기는 했지만, 단순한 억지였다고 생각한다. 나를 강하게 끌어당기는 어떤 불가사의한 힘이 여

전히 계속되고 있어서 한숨 돌리는 것조차 허락되지 않
는 것이라 여겼다.

지속되는 비전(4)

앞서 세 편의 에세이에서 이야기했듯이 나는 불가사의
한 내적 체험의 강렬한 이미지에 이끌려 집을 나왔고,
겨우 한숨 돌리자마자 이번에는 돌연 친정이 있는 이와
테로 돌아오기로 결정했다. 돌이켜보면 나는 아마도 안
정적인 것, 생동하지 않는 것이야말로 본래의 삶을 사는
데 가장 피해야 할 점이라는 사실을 직감적으로 감지했
던 모양이다.

정신을 차려보니 나는 이와테의 모리오카 역 구내에
있는 수제 빵집에서 파트타임으로 일하고 있었다. 모리
오카 시내에 아파트를 얻어 매일 자전거로 출퇴근을
했다. 나는 이와테로 돌아온 일이 어떤 의미인지 도무지
알 길이 없었다. 스스로도 이상할 정도였다. 충동적으로
영감에 몸을 맡기던 내게는 사람이 살아가면서 생기는
여러 가지 사정이나 사고방식 등의 인간적인 감정이 완
전히 결핍되어 있었다.

요즘에도 나는 가령 지금처럼 뭔가를 쓸 때, 문득 펜
을 놓고 손으로 턱을 괸 채 눈을 감으면 정신이 아득해
진다. 정신을 차리면 또다시 시를 만나기 이전에 삶의
터전이었던 고치에서 대가족의 며느리인 나로 눈을 뜨

지 않을까 하는 생각이 든다. 두 딸도 그때 그대로이고, 나는 날이 저물면 석양을 향해 걸으며 강아지를 산책시킨다.

단순한 그리움이 아니다. 그 시간들이 현실이 아니라 꿈이 아니었을까 의심하는 것이다. 하지만 지금 여기에 있는 나는 더 꿈만 같다. 어느 쪽이 꿈인지 나는 알 수 없다. 나는 여기에 있지만 여기에 없다. 이러한 존재의 위태로움은 어디에서 오는 걸까.

로렌스 더럴[24]은 『A Key to Modern British Poetry』라는 책에서 1840년 전후에 쓰인 테니슨[25]의 시 「율리시스」와 1920년에 쓰인 T. S. 엘리엇[26]의 시 「게론티온」 모두 노인이 과거의 인생에 대해 명상하고 다가오는 죽음에 대해 생각하는 내용이라는 점에서 두 시를 견주면서 현대시는 기성의 안정적인 자아를 담기 어렵다고 말했다. 1857년에 네안데르탈인의 최초의 유적이 공개되고, 뒤를 이어 다윈의 『종의 기원』이 발표되면서 '과학적인 증명'이 시대의 한 표어가 되었다. 그 후에

---

24) 로렌스 더럴(Lawrence Durrell, 1912~1990): 영국 소설가, 시인. 고전적인 방식으로 지중해의 풍토를 노래한 시인이다. 대표작으로는 소설 『알렉산드리아 4중주』, 시집 『도시·평야·사람들』 등이 있다.

25) 알프레드 테니슨(Alfred Tennyson, 1809~1892): 영국의 시인. 영국 빅토리아 여왕 시대의 대표적인 시인으로서 언어의 마술사, 언어의 왕, 단어의 발견자라고 불렸다.

26) 토머스 스턴스 엘리엇(Thomas Stearns Eliot, 1888~1965): 영국의 시인, 평론가, 극작가. 대표작 『황무지』로 1948년 노벨문학상을 수상한 20세기 현대시의 선구자이다.

는 상대성 이론이 등장했다. 그런 의미에서 선구적인 동화의 주인공인 이상한 나라의 앨리스는 자신이 다양한 공간에 몸담으며 신기한 일들을 겪는다는 사실을 끊임없이 곤혹스러워한다. 그에 따라 우리는 더 이상 '공간'과 '시간'을 별개의 존재로 생각할 수 없게 되었고, '시공간 연속체'라는 식으로 생각하게 되었다. 현대시의 세계에도 그런 변화가 나타나기 시작했다고 더럴은 말했다.

그리고 보면 일본에서도 미야자와 겐지[27]의 시에 그러한 경향이 강하게 나타난다. 겐지의 시집 『봄과 아수라修羅』에 수록된 「서序」에서 시에서 '나라는 현상은/가정된假定 유기교류有機交流 전등의/하나의 푸른 조명입니다'라는 구절은 더럴과 동일한 생각을 겐지가 이미 갖고 있었다는 방증으로 볼 수 있다.

「진공 용매」라는 시에서 겐지는 마치 구름 위에 떠 있는 듯하다. 그때 하얀 개를 데리고 코가 빨간 잿빛 신사가 걸어온다. 겐지에게 다가와서 잠깐 이야기를 나눈 뒤 반대쪽으로 사라진다. 보안 담당자가 온다. 지금 길 위에 누군가가 쓰러져 있다고 말한다. "어떤 사람이었습니까? 훌륭한 신사였습니다. 그런데 그 사람은 죽었습니까? 아니요, 이슬이 내리면 나을 겁니다. 황색 시간 동

---

27) 미야자와 겐지(宮沢賢治, 1896~1933): 일본의 시인, 동화작가. 향토애 짙은 서정적인 필치의 작품을 다수 남겼으며, 애니메이션 '은하철도 999'의 원작 동화 『은하철도의 밤』의 작가이다.

안은 가사假死 상태일 테지만요……."라고 이어진다. 과학자이기도 했던 겐지는 상대성 이론을 완벽히 파악하여 체감하고 있었으리라.

본래 여성이라는 존재는 타고난 자연적인 능력을 갖춘 존재로서 남성과 비교했을 때 더욱 안정적이다. 이는 여성의 큰 매력이라고 생각한다. 나는 아무래도 그 능력이 부족한 게 아닌가 싶다.

내 어머니는 이와테의 다키자와滝沢 시 토박이로, 여기서 결혼을 하고 아이도 낳아 길렀다. 농가의 육남매 중 밑에서 두 번째 딸이었으므로 초등학교도 제대로 다니지 못했지만, 어려서부터 부모님을 도와 한 사람 몫의 밭일을 거뜬히 해왔으므로 누구에게도 뒤지지 않을 정도로 밭일에 능숙하다. 어머니가 채소를 기르는 것을 좋아한다기보다 채소들이 어머니의 손에 길러지는 것을 좋아한다고 여겨질 정도다.

내가 눈을 감았다 뜨면 훌쩍 다른 곳에 가 있을 것만 같다고 말하면, 어머니는 자다가 봉창 두드리는 소리 하지 말라며 황당해 하곤 했다. 어머니 곁에 있으면 채소뿐 아니라 개나 고양이, 사람도 왠지 모두 생생하게 되살아날 것 같은 기분이 든다.

아버지는 그런 어머니의 주위를 즐겁게 날아다니는 꿀벌 같은 사람이었다. 나가서 일을 하고 돌아와 어머니에게 돈을 가져다주고는 다시 훌쩍 떠났다가 어머니 곁으로 돌아오고는 했다. 어머니의 주위를 맴도는 것으로 마음의 안정을 얻었으리라. 어머니라는 자연 그대로의 존재가 주는 안정감. 아무런 의심 없이 자신의 자리를 지키는 그 안정감. 아무래도 나는 그것이 부족한 모양이다. 언제 어디로 튈지 모르는 불안정한 존재이다. 여성의 대명사로 자주 사용되는 대지라든가 바다라든가 하는 말은 내게 전혀 어울리지 않는다.

내가 고향으로 돌아오자 아버지는 굉장히 기뻐하셨다. 하지만 아버지는 이미 말기 암을 얻은 뒤였다. 내가 돌아오고 반년 뒤에 돌아가셨는데, 살아 있는 동안 나를 자주 병원으로 불러 "너와 함께 일하기를 얼마나 바랐는데. 그동안 즐겁게 일하며 살아왔다. 계속 살아서 일을 하고 싶구나."라고 말씀하시곤 했다. 아버지는 홀로 이곳저곳을 돌아다니며 여러 차례 가게를 열었다가 닫고는 했지만 그 나름대로 자신의 인생을 마음껏 즐긴 분이다.

마지막 순간까지 아버지의 손에는 다부지게 힘이 들어가 있었다. 아버지가 다시 살아갈 힘을 되찾을지도 모른다고 여겨질 정도였다. 그 순간 나는 '눈을 감아요!'라고 마음속으로 외쳤다. '앞으로는 내가 살아야 하니까 이제 눈을 감아요!'라고. 아버지의 에너지가 내 에너지를 다 빨아들일 것만 같았다. 입 밖으로 소리 내어 말하지는 않았지만 아버지는 분명 들었을 것이다. 아버지는 숨을 거두었다.

2000년 봄, 나는 모리오카 시내의 아파트에서 다키자

180

와 시로 이사해 지금까지 살고 있다. 아버지가 남긴 반지하와 중이층의 두 가게가 있는 건물에 살면서 중이층[28] 가게에 카페를 열었다. 장사를 해본 경험이 없다는 평계를 대며 몇 번이나 거절했지만 유일하게 남은 가게를 딸자식이 잘 사용하기를 바라시던 아버지의 바람 때문이었다.

이혼을 하고 돌아온 나는 부모님에게 짐이 되고 싶지 않은 마음에 최대한 친정에서 멀리 떨어져 살기로 했다. 이와테에 돌아와서도 친정이 있는 다키자와 시가 아니라 모리오카 시내에 아파트를 얻었다. 애초에 이와테로 돌아온 것도 이왕이면 부모님이 걱정하지 않도록 같은 지역을 선택했던 것이고, 아버지가 무슨 일을 하는지 전혀 관심이 없었을뿐더러 가게를 물려받아 뭘 해볼 생각 같은 건 해보지도 않았다. 그런데도 카페를 열기로 결심했던 건 뭔가 커다랗고 불가사의한 힘이 작용하고 있다고 느낌이 들어서였다.

니시 가즈토모가 1957년에 쓴 시 「우리들의 이유」를 가게 이름으로 정하고, 시와 음악이 있는 카페를 시작했다.

이와테 현의 다키자와 시는 해발 2,038미터의 이와테 산 남쪽 기슭에 위치한 곳이다. 북쪽으로는 이시카와 다쿠보쿠[29]의 고향인 시부타미渋民 마을이 있고, 서쪽에는

---

28) 중이층(中二層): 보통의 2층보다는 낮고 단층보다는 조금 높게 지은 2층.
29) 이시카와 다쿠보쿠(石川啄木, 1886~1912): 일본의 시인, 평론가. 일찍이 사회 사상에 눈을 떠, 생활 감정을 풍부하게 담은 시로 일본에서 국민

미야자와 겐지의 작품에도 등장하는 고이와이小岩井 농장 부지가 위치한 시즈쿠이시초雫石町가 있다. 이와테 산에서 불어 내려오는 바람이 차고 여름이 짧아서 혼슈에서 가장 기온이 낮은 곳이다.

'우리들의 이유'라는 가게 이름 덕분인지 니시 가즈토모는 모자를 쓰고 목도리를 두른 차림으로 가게 바 자리에 앉아 자주 시간을 보냈고, 그러는 사이에 점점 이와테 사람들과도 정이 들었다.

이와테 현은 니시 가즈토모의 고향인 시코쿠四国의 고치 현과는 기온이 10도 이상 차이가 난다. 겨울이 긴 '우리들의 이유'에서 창밖의 눈을 바라보며 "눈이 가벼워서 뱅글뱅글 도는 게 꼭 춤을 추는 것 같군."이라거나 "어렸을 때 조선의 철원에서 여동생과 함께 창문에 얼굴을 갖다 대고 시간 가는 줄 모르고 구경했던 그 눈과 똑같아."라고 말하곤 했다.

이와테로 돌아온 후 떠오른 몇 가지 과거의 기억들이 있다. 이와테 산을 바라보면서, 아니다. 어딘가 아득히 먼 곳을 바라보면서 '어디론가 가야 해……'라고 생각했던 일. 서너 살 때쯤 길가에 핀 꽃(분명 개망초였다)을 따려는 순간 누군가가 부르는 소리에 뒤를 돌아보니 파란 하늘만 덩그러니 펼쳐져 있던 기억.

나는 시인 니시 가즈토모를 맞이하기 위해 먼 길을 떠

시인으로 칭송받고 있다.

났다가 다시 그를 여기로 데려온 게 아니었을까? 그런데 대체 왜……. 그 이유는 아직 모른다. '우리들의 이유'에서는 어느새 시 모임이나 독서회, 그림책 창작 동호회 등 한 달에 한 번씩 정기 모임을 하는 그룹들이 다섯 개 정도도 생겨났고, 저마다 자유롭게 활동하고 있다. 전국에서 보내오는 시집이나 동인지도 점점 늘어나서 그 책들을 커피를 마시러 온 손님들이 읽을 수 있도록 제공하고 있다. 이 가게에서 처음으로 시를 접하고 시를 쓰기 시작한 사람도 이미 여럿이다. 어느새 시인이나 예술가들에게 중요한 장소로 자리를 잡았다. 나는 이러한 가게 분위기나 이와테의 문화를 전국에 소개하기 위해 니시 가즈토모의 도움을 받아 '우리들의 이유'의 계간 소식지 『CHaG』를 발행하여 전국의 시인이나 예술 애호가들에게 보내고 있다.

자신에게 주어진 일을 자각적으로 생각해서는 안 된다. 일이라는 것은 언제나 다른 곳에서 나를 향해 오는 것이며, 크든 작든 모든 사건은 다른 데서 찾아온다. 우리는 그때를 위한 준비하는지도 모른다. 그 준비도 우리의 의지로 하려고 해서는 안 된다. 다가오는 일을 겸허하게 받아들이고 거기에 부응해야만 한다.

가게를 꾸리느라 바쁘게 생활하는 동안에 첫 번째 에세이부터 이야기한 내적 체험의 강렬한 이미지들(하얀 달이나 들판에 떨어진 아기, 돌 속이나 거울 속을 걷는 빨간 원피스를 입은 소녀)은 이제 보이지 않게 되었지만, 그 이미지들은 사라진 것이 아니라 지금의 내 생활 속에 고스란히 나타나고 있다고 생각한다.

다시 한 번 지금까지의 체험을 정리해 보면, 무의식의 영역에서 억압되어 있던 본래의 나는 금방이라도 존재 자체가 죽어버릴 것 같은 위기감을 느꼈다. 그 순간에 정체 모를 커다란 힘이 나를 구원하려는 듯 강렬한 이미지를 보여주며 나를 부르는 목소리에 귀 기울이게 만들었다. 나는 그리로 방향을 틀어 한 발짝 한 발짝 발을 내디뎠다. 믿기 어렵겠지만, 내가 지금까지 이야기한 내용의 줄거리이다. '개인'으로서의 나를 되찾는 일과 커다란 힘을 믿고 따르는 일은 왠지 모순된 일 같지만 실제로 그랬기 때문에 달리 설명할 말이 없다.

어느 틈엔가 나는 나를 움직이는 커다란 힘과 조화롭게 살아가는 요령, 혹은 삶의 방식을 익힌 셈이다.

릴케의 소설 『말테의 수기』에는 갑자기 생각난 듯 불쑥 등장하는 아벨로네라는 여성이 나온다. 사람의 몸을 입고 나타난 그리스도가 다시 한 번 그녀에게 다가와 피난처를 마련해줄 때 여성은 '사랑하는' 존재에서 '사랑받는' 존재가 되고, 마침내 개인으로서의 본분을 잊어버린다(물론 릴케는 '사랑하는 여성'을 높게 평가하고, '사랑받는 여성'을 낮게 평가한다). 그에 대한 두려움 때문에 아벨로네는 사람의 몸을 입은 그리스도(=말테=릴케)에게서 떠나야 한다고 말하는 것이리라. 아벨로네는 릴케의 연인이었던 루 살로메가 아니었을까.

184

루 살로메는 릴케가 깊은 마음의 상처로 인해 자신이 이 세상에 살아 있다는 사실조차 스스로 용서하지 못할 만큼 존재론적으로 상처 입은 사실이나, 그 때문에 병약해질 정도로 불안감에 시달리며 쫓긴다는 사실을 누구보다 잘 이해했을 것이다. 하지만 릴케가 예술적 재능을 펼치기 위해서는 충분한 자유가 필요한 데다 스스로 자기 자신의 자아를 발견하려는 고뇌의 극한에 도달했을 때가 아니면 서로에게 도움을 청하지 않는다는 약속이 있었기에 다가가지 않았다고 한다.

루 살로메는 니체[30]와 프로이트[31]에게도 영향을 준 여성으로 알려졌다. 그런데 어쩐지 주위가 비극으로 가득한 것처럼 느껴지는 이유는 그 자신의 강한 의지로 운명을 거스르려 했기 때문일까? 루 살로메는 강인한 자아를 가진 여성이었지만 시인은 아니었다.

여성이 시를 쓰는 경우는 외국에서도 아직 그리 흔치 않다. 여성의 시 활동은 시대나 사회 환경과 밀접하게 맞물리며 일진일퇴를 거듭하고 있다. 그 기회가 찾아오

---

30) 프리드리히 빌헬름 니체(Friedrich Wilhelm Nietzsche, 1844~1900): 독일의 철학자. 생(生)철학의 대표자로서 실존주의의 선구자이며, 파시즘의 사상적 선구자이기도 하다.

31) 지그문트 프로이트(Sigmund Freud, 1856~1939): 오스트리아의 신경과 의사로 정신분석의 창시자. 히스테리 환자들을 진찰하던 중 최면 치료의 부작용에 직면하여 그 대안으로 정신분석학의 기초인 대화 치료 기법을 고안했다. 꿈, 착각, 해학과 같은 정상 심리에도 연구를 확대하여 인간 심리에는 다층적인 무의식이 존재한다는 가정 아래 심층심리학을 확립했다.

는 순간을 포착하려면 우리는 항상 자신의 외부와 내부 모두 안테나를 세워야 한다.

2007년 현재도 '우리들의 이유'가 있는 건물은 어머니의 소유이므로 나는 어머니의 눈치를 살피며 가게 한구석에 살면서 카페를 꾸리고 있다. 아직도 어머니에게 얹혀사는 셈이다. 니시 가즈토모도 『후네』를 발송하는 시기에는 이곳에 머무니까 군식구의 군식구다. 그렇게 가게에서 함께 지내며 시와 문학 이야기로 밤새도록 술을 마시며 날을 지새울 때도 종종 있다. 일본에서 사유 재산을 가지지 않고 살아가는 일은 터무니없는 짓인 줄 알지만 군식구라는 지금의 내 처지가 어쩐지 마음에 든다. 갑갑한 집이나 산더미처럼 쌓인 물건은 시에 온 생을 거는 일을 방해할 뿐이다.

"죽어라, 그리고 태어나라. 이 마음을 내 것으로 소유하지 않는 한 너는 이 어두운 지상에서 슬픈 나그네에 불과하리라." 만년에 쓴 괴테의 유명한 시구이다. 모든 것을 버려야만 비로소 자신의 '삶'의 주인공이 된다는 말이다. 괴테가 말하는 영원한 여성이란 존재 그 자체의 자연 섭리를 체현한 여성이리라. 그러므로 괴테의 이 말을 현대 여성들이 우리 것으로 받아들인다면 시성詩聖 괴테도 저 세상에서 놀라 눈을 반짝 뜰 것이다.

나에게 있어 시란 내 의지를 넘어선 영역이다. 아직 보지 못한 세계로 나를 이끌어 가는 것. 눈에 보이지 않을 정도로 빠른 속도로 '삶'이라는 비전을 앞질러가는

것. 그것은 순식간에 전 생애를 통과해 간다. 지속되는
것이다. 그때 등 뒤로 손을 감추고 조심스레 무언가를
끼적인다면 그것이 시라고 생각한다.

가슴에 달이 차오르고 시가 찾아왔다

김단비

  오쓰보 레미코 시인은 '의식하지 않는 나'에게 몸을 내 맡겼다. 직관을 향해가는 여정에 자신을 바쳤다. 20년 가까이 주부로 살던 어느 날 갑자기 내면에서 뚫고 올라 오는 이미지에 시달리기 시작한다. 그 이미지란 뱃속에 물웅덩이가 생기고 그 웅덩이 바닥에 하얀 달이 가라앉 아 있는 모습이었다. 하얀 달은 점점 커져서 목구멍까지 차올랐고 고통도 절정에 이르렀다. 급기야 폭포수 같은 눈물이 되어 밖으로 터져 나왔다. 그 무렵에 우연히 시 인 니시 가즈토모西一知의 시를 접했고, 마침내 니시 가즈 토모라는 시의 영혼 앞에 섰다. 일상적인 모든 것을 버 리고 시의 세계로 뛰어들었다.

  더 나아가 오쓰보 레미코 시인은 그와 같은 자기 각성 이 앞으로 여성들에게 더욱 중요한 과제가 될 것이라고 호소한다. 생명의 깊숙한 곳으로 직접 들어가기 쉬운 여 성들이 본능적인 직관 능력을 발휘하여 각성하기를 바 란다. 이 시집에 말미에 게재한 에세이에서 오쓰보 레미 코 시인은 영혼의 순수성에 대해 이야기하고자 벨기에

의 시인이자 극작가인 모리스 메테를링크_{Maurice Maeterlinck}
의 수필집 『빈자_{貧者}의 보물』의 구절을 인용했는데, 그 뒷
부분을 좀 더 인용해 보겠다.

　　"만일 우리의 영혼이 갑자기 눈에 보이는 형태를 가지고
　　모든 장막을 벗어던진 채, 가장 비밀스러운 사상만을 싣고
　　배후의 가장 불가사의하고 말로 표현하기 어려운 삶의 활
　　동들을 이끌며 다른 영혼들 속으로 나아간다면 어떤 일이
　　일어날까? 그 영혼은 무엇을 부끄러워할까? 무엇을 숨기
　　려고 할까? 긴 머리카락 뒤에 숨겨진 육체의 수많은 죄?
　　영혼은 그런 것에 대해 전혀 모르며, 그러한 죄들은 결코
　　영혼 근처로 다가온 적이 없다. 죄들은 영혼에게서 수천
　　마일 떨어진 곳에서 저질러졌다. 심지어는 창녀들의 영혼
　　조차 아이와 같은 투명한 미소를 띤 채 다른 영혼들 사이
　　를 아무런 의심도 받지 않고 지나갈 것이다. 영혼은 간섭
　　받지 않는다. 자신을 향해 내리쬐는 빛을 맞으며 인생을
　　살고, 그 삶만 기억할 뿐이다."

　그 대상이 시이든 다른 어떤 것이든 인간의 본질에 다
가가기 쉬운 존재가 여성이라면, 여성은 하루라도 빨리
영혼의 울림을 저마다의 방식으로 표출해야 하리라.
　이 시집은 오쓰보 레미코 시인의 개인으로서의 각성과
진실한 영혼에 이끌려가는 과정을 고스란히 담고 있다.
그 과정이 몹시도 처절하고 생생해서 시를 읽다 보면 어
느 틈엔가 읽는 사람에게도 어떤 결연한 용기가 생긴다.

시를 통해 끊임없이 진정한 자신에게 다가가고 있는 오쓰보 레미코 시인의 시를 읽으며 독자 여러분도 자신의 영혼이 내는 소중한 목소리에 귀 기울여보기를 바란다.